FKB
怪幽録

奇の穴

小田イ輔　著

竹書房文庫

まえがきに代えて――「怪幽録」はじめます。

平山夢明

どうにもこうにも怪談を書きたいという奇矯な人間が増殖しているのである。

もともとホラーや怪談が好きである、ましてや書きたいなとど思っている人間は、どこかしらで〈ヒネている〉のであるが、そのなかでもとびきりのヒネ者を集めて書かせてみたら、よってたかって何か異様な怪談山脈ができるのではないかというのが発端である。共通しているのは〈怪談〉であり、人に怖がって貰うことが嬉しい奇人ばかりである。

その奇人の一頭抜きんでて今のところ走っているのが黒木あるじということで、彼が以前から引きずり込みたがっていたのが、今回の怪談師である小田イ輔である。

黒木同様に東北地方を中心に取材をしているという。怪談というのは不思議と東京には東京の、関西には関西のにおいがある。これは怖がるという琴線が生活に密着していると ころから来るのだと思う。個人的に、東北地方の怪談には〈米と泥の香り〉が強いような気がし、ともすれば都会のど真ん中において風景が逆転するような不気味な話も多い。

それに、意味不明なようだが黒木あたりがもってくる怪談は、一様に〈魂が濃い〉のが特徴だ。それ故に読み手は普段の生活からは意識していない〈隙〉を突かれ、仰天するのである。

また〈恐怖〉ほど細部での新陳代謝の激しいものはなく、今のようにコミュニケーションの多くが相手の顔を見ずに済ませてしまえるような時代には、この時代ならではの恐怖というものが確実に存在し、それらを狩り獲ってくるのもまた、今の時代をひしひしと生きている若者がすべきであろうこととも思う。

昔の怪談には善人と悪人がそれなりの区切りをつけて登場したものだが、昨今では誰が悪で誰が善なのかまったくはっきりしない。いまや人間は仕事同様、パートタイムで〈善と悪〉を行ったり来たりして過ごしているのであろう。

となれば怪談の被害に遭う悪者についても誰もが覚えのあるものであろうし、善人であってもまた覚えがあろう。このところの怪談ブームの一端はこのように心性の変化に支えられている部分があるのではないかと思う。

今後、どのような書き手が登場するかは不明だが、一撃で読者を倒すような不思議で不気味で怖い怪談を切望してやまない。

目次

顔

その日、芳賀君はショッピングモールの野外駐車場に車を停め、うたた寝をしていた。

「彼女と待ち合わせて買い物をする予定だったんですね。だけど、思ったより早く着いてしまったので時間まで車で待ってようと思ってのんびりしてたんです」

休日とあって駐車場は混み合っており、大きな買い物袋を提げた家族連れなどが何組も行き来していた。

彼女との約束の時間までは小一時間程ある。

本格的に昼寝をしようと携帯電話のアラームを確認すると、運転席を倒して横になった。

「日差しのせいか何となく寝苦しくって……」

日光を遮るため、車のサンバイザーを下ろそうと体を起こしたところで、ふと、向かい側の黒いワンボックスカーが目に留まった。その車のフロントガラスに何かが蠢《うごめ》いている。

「顔だったんです」

三十～四十代の男性のように見えたという。色白で、寝癖が付いたようなだらしない髪形をしている。

「対面する形だったので、最初はこっちを見ているのかと思いました。でも目の焦点が合ってなくって……」

体はおろか、首さえもない。顔面部分だけがフロントガラスにペッタリと張り付き、まるで泳ぐようにゆったりと上下している。

「〝窓に映ってる〟っていうよりは〝張り付いてる〟という感じです。でも本来立体的なものが、無理やり二次元に落とし込まれたようになってるので、遠近感がおかしいんですね」

異様な光景に目を奪われる。この状況に納得できる説明をつけようと思考するが、答えは出ない。

「これがもし夜だったら、直ぐにでも車を出して逃げてたと思います。でも昼間で、人通りの多い駐車場での出来事でしたから、こっちも不思議と心に余裕があって……こんな事が本当にあるんだなって」

どこかぼんやりとしたような心持で、花火でも眺めるようにそれを見続ける。時間の感覚すら曖昧になっていた。

「フロントガラスを、上下に滑るようにゆっくりと動いてたせいか、なんだかクラゲみたいだなってそんな事を考えてました、後は自分の世界観が更新されるような感じですかね、認識が拡張されていくような……」


どれぐらいだろうか、まどろむような不思議な感覚でそれを眺めていると――。

「目がギョロっと動いたんです」

芳賀さんはその瞬間、弾かれるように体が震えた。

「いや、それまで表情がなかったのに、いきなりだったんで……」

ワンボックスの所有者と思われる人たちが戻ってきていた。

お腹を大きくした若い女性と、それを気遣うような中年の女性。二人は運転席側のドアを開けて荷物を後部座席に入れようとしている。

〝顔〟は若い女性の方を凝視している。

二人は気付いていない様子だ。

何が起こるのだろうと思っていると――。

「パッと消えてしまったんです、顔。そしたらその若い娘が――」

――動いたー！

と嬉しそうにお腹をさすった。

「〝入った〟んだと思いました、勿論、根拠はありませんが……」

二人は車に乗り込むと当たり前のように走り去った。

「いい経験しましたよ」

芳賀さんはその後、彼女に電話を掛けると別のショッピングモールでの買い物を提案したそうだ。

平面世界

藤野さんは整った顔立ちの二十代の女性である。

彼女は鏡を見るのが嫌なのだと語った。

「小さい頃から、鏡を見てると妙なものが映りこんでくることがあるんですね。知らない女の人とか、真っ黒い人影のようなものだとかが……初めて見た時からそういうのは〝怖いものだ〟っていう自覚があったんで、本当に嫌で嫌で……」

自宅に大きな鏡はなく、小さな置き鏡だけを使用している。その鏡ですら使用しない時には布を被《かぶ》せておくという徹底振りだ。

できるだけ鏡を見たくないという理由で化粧も最小限度にとどめ、凝ったメイクなどはしない。顔に余計なものを塗らないせいか、自分でも肌だけは綺麗だと思うと自虐的に笑った。

そんな短い化粧の間であっても、自分の顔の前に、明らかに死んでいると思われる無表情の女が映りこんできたり、時には自分の顔が、全く知らない怪我《けが》だらけの顔として映り込んだりする。

「毎回見るたびに映ってくるんだったらいいんです、きっと慣れてしまうだろうから。でも思い出したように、こっちが油断している時に限って映りこんでくるので、その度に心臓が止まるような思いをするんです」

鏡を見ることへの警戒心が予期的な不安をもたらし、もはや鏡そのものが恐怖の対象であるという。

「色んなところにあるんですよね、鏡って。会社や学校のトイレもそうですし、道路や車にだって付いてる。エレベーターなんて最悪ですね、扉が開いて目の前が鏡だった場合の恐怖は気絶ものですよ」


小学校の頃などは学校のトイレの前に並んでいる鏡のせいで危うく不登校になりかけたそうだ。仕方ないので親を介して学校へ話を通してもらい、自分だけどんな時であっても校庭の端っこにあった簡易トイレで用を足す許可を得ていたらしい。

しかし担任を含め、殆どの教師が彼女に対する〝例外扱い〟を納得できてはいなかったようだ。

客観的に考えて、それは当たり前の事であろうとは思う。彼女以外の人間には、彼女が目視し、怯えるものの存在を知覚できないのだから。

「教師って、勉強だけじゃなく生活の態度みたいなところまで、矯正しようとしてくるじゃないですか？　小学校だと特にそうで……単なるしつけの問題だと勘違いしちゃった担任が、私をわざわざ鏡の前に引っ張っていって『ホラ、大丈夫でしょ？　なんともないじゃない』って言うんですよ。逃げられないようにしっかり腕を掴んだまま」

その時は、鏡に映る教師の横に、三人の嬰児が浮かんでいるのが見えた。

「先生見えないんですか？　赤ちゃんが先生の顔にしがみつこうとしてますよって、私が見たままの事を言うとサッと顔色を変えて――」

――何人？　と訊いてきた。

「三人です、一人はバラバラになってます」

そう答えると、女教師は藤野さんの腕から手を離し、青ざめた顔で前屈みになった。流しに向かって、口から静かに大量の吐瀉物を溢すと、汚れた顔を拭いもせずに藤野さんを見つめてきたという。

「誰？　って思うぐらい表情が変わってました」

理由もなく突然殴られたような、呆気にとられたような表情。大人の女性というよりは、まるで子供のような、無垢な面持ち。

「今になってみれば、多分そういうことだったんだなってわかりますけどね……」

担任はその後、職を辞したそうだ。


「でもまあ、まだそういう幽霊みたいなものだったら我慢できるんです。怖くっても元は人間なんだろうから、私と同じように生きていた事もあるんだろうしと思って。だから、昔とは違って共用スペースにある鏡とか、あるいは化粧の時とか、そういった場合に関しては覚悟を決めて鏡に向かうんですけど……」

思案するように沈黙すると、こう語った。

「最近、どう考えても違うものが映ることがあるんですね……何ていうのか、この世のものじゃないっていうか、まあ幽霊だってこの世のものじゃないんでしょうけれど……、色使いとか、造詣っていうか、そういうのが私の知っている範囲のものじゃないもの、人じゃなくて私の背景なんですが……」

これまで何度も見てきた幽霊のようなものではなく、鏡に映りこむ彼女の背後が、本来あるものとはかけ離れた格好で映りこむのだという。

「壁紙みたいな、奥行きの無い平面的な模様のような、そんなようなものに〝なって〟いるんです。何かが映りこむとかじゃなくて、もう完全に私の背後が別なものになっているっていう……そしてその平面の造詣が前衛的っていうか、人間の感性から出たものではないような……その内容を見て覚えているっていうことができないんです、大体どういうものであったかっていう雰囲気だけは覚えてるんですけど……」

彼女は、自宅ではできるだけ小さい鏡を使い、出先で鏡を見ることがあっても、できるだけ離れて見るようにしているという。

「鏡のフチまでが限度だって事をしっかり自覚しながら見るんです、そうじゃないと、あっちに取り込まれるような気がして……」

滑り台にて

Ｊさんと R さんの兄弟が幼い頃に住んでいた市営住宅は、小高い丘の上にあった。

「平屋が連なる住宅の端っこに公園があって、その公園の滑り台の上に登ると、ちょうど街の中心部につながるバイパス道路が見えるんだ」

Ｊさんは学校が終わると、弟の R さんと連れ立ってその公園へ行き、滑り台からそのバイパスを見下ろすことを日課としていた。

「母親が街の工場に勤めてて、夕方五時前ぐらいになると、その道を歩いて帰って来てたの。俺たちは滑り台からその姿を確認して、バイパスの入り口あたりまで走って行って、母さんを迎える。母子家庭だったから親が帰ってくるのが待ち遠しくて」

二人が連れ立って駆けつけると母親はとても喜んでくれた。

「ただな、ちょっと変なルールみたいなのがあって……」

いつもの時間に滑り台に登り、兄弟で並んでバイパスを見下ろしていると、母親らしき人影が見えてくる。そもそもバイパスを歩いて帰ってくる人間は殆ど居なかったため、その時間そこを歩いてくる人間は、ほぼ母親で間違いなかった。

「母さんが歩いてくる様子が見えてくると、弟が時々『あれは違うお母さん』って言うんだよ。俺からみると、どう考えても自分の母親に思えるんだけど、弟は『あれは違うお母さんだから行っちゃダメ』って言う」

そんなわけないだろ、とJさんが一人でバイパスに駆けつけると、確かに母親の姿はない。それどころかさっきまで見えていた〝母親らしき人〟すら居ない。

「何回かそういう事が続いて――。俺も別に不思議にも思わず納得してたんだよね」

その後も、毎日のように二人でバイパスを見下ろしていた。

いつしかJさんも〝本当のお母さん〟と〝違うお母さん〟をある程度見分けられるようになってきていたという。

「あれは違うお母さんでしょ？」

「うん、あれは違うお母さん」

というやり取りを、何度か弟とした事を覚えているそうだ。

「なんていうか、『違うお母さん』の場合だとあんまりハッキリ見えないんだよね。もっとも離れたところから肉眼で観察しているわけだから、本物であってもハッキリしないんだけど。なんていうか、『雰囲気だけが歩いてくる』みたいな感じがあったよね。そういう時は『違うお母さんでしょ?』って弟に訊くんだ」

弟は「うん」と頷き、〝本当のお母さん〟が見えるとJさんよりも先に駆け出していく。

しかし、その日は違った。

夕方の滑り台。二人でバイパスを見下ろしていると人影が見えてくる。

「俺は『本当のお母さん』だと思ったから迎えに行こうとしたわけ。そしたら弟が『あれは違うお母さんだよ!』って言い張るの。俺も自分の判断に自信があったから、それを確かめるために弟を置いてバイパスまで走って行ったんだ」

ドキドキしながらバイパスに駆け込むと、母親が歩いてくる姿が見えた。

「ほらな! って。そして母さんと手を繋いで家に帰った」

先に帰って家でテレビを見ていた弟に「本当のお母さんだったぞ!」と自慢気に迫る。

するとと弟は何の事なのかわからないような顔をして、母親に抱きつこうとする。

「素直に負けを認めない様子が癪《しゃく》に障《さわ》ってさ。『おまえ、違うお母さんだって言ってたでしょ！』って弟を突き飛ばしたんだ、調子よく抱きつこうとしてんなよって」

泣き出す弟、そこに蹴りを見舞う兄。

子供たちが何でケンカを始めたのかわからない母親は、二人を諭して事と次第を語らせた。

「そしたら弟が『そんな事言ってない』って言うんだよね。そもそも滑り台でバイパスなんて見てないし、今日は誰々と遊んでたって言い張るんだ」

一緒に遊んでた誰々は二軒隣に住んでいる。常より家同士も仲が良いので、夕飯時だが、嘘を暴こうと勇んで家を訪ね、今日誰と遊んでいたか問いただした。

「弟と遊んでたって言うんだよ、そこん家の母ちゃんも、さっきまでRが居たよって」

しかも、詳しく話を聞くと、弟はこれまでも学校から帰ってくると必ずその友人の家に行き、遊ぶことが日課のようになっていたという。

「じゃあ、俺と一緒にバイパス眺めてた弟は誰だったんだよって話になるわな」

家に戻ると、Jさんは母親に「今日は違ったけど、いつもRと一緒に迎えに行ってたよね？」と問うた。

母親は確かに「いつも二人で迎えに来ていたじゃない」と言う。それを聞いたJさんは頭を抱え、弟を呼んで改めて問うた。

「やっぱり弟は、『お母さんを迎えに行ったことはない』って言うんだよね。明らかにおかしいんだけど、その話は二軒隣の友達とその親がしっかりアリバイを握ってるわけで……」

その後、この話は家庭内で曖昧に処理され、Jさんは滑り台からの観察を止めた。

今年三十歳になるJさんは言う。

「今になって思うんだけどさ。あの時に弟は本当の母親を『違うお母さん』って言い張ってて、でも結果的には本当の母さんだったわけなんだけど……、その『違うお母さんと言い張ってた弟』はどこかに居なくなってるわけ。で、今の俺の母親は本当に『本当のお母さん』なんだろうか？」

目を瞑《つむ》る

菅原君は高校へ自転車通学をしていた。学校へたどり着くにはどのルートを通っても随分と長い坂を上らなければならない。元々、運動が好きだった彼にとってみれば登り坂も苦にはならなかったが、問題は下りだったという。

「目を瞑りたくなるんです、坂を下ってる途中で、どうしても目を瞑りたくなる」

当初は好奇心というか、度胸試しのようなものだった。目を瞑ると言っても坂を下っている間中そうしているわけではなく、自分が決めた時間のうちどれだけ瞑っている事ができるかチャレンジする。

今日は三秒だけ瞑ってみよう。

今日は五秒。

十秒。

「ほぼ真っ直ぐな坂だったんで、ハンドルさえしっかり前を向いていれば大丈夫だろうと思ってはいました。ただやっぱりスリルっていうか、そういうのを楽しんでいたところもありましたよ」

最長記録は頭で数えて十五秒だった。

それで大体坂の真ん中辺りまで到達できた。

「ちょうどその辺から坂が緩やかにカーブするようになっているんです。まあ自分でも危ないなって思ってましたから、十五秒ぐらいで限界だなって」

もともと危ない趣向ではあるが、無謀に無謀を重ねるようなつもりもなかったと言う。

そんなある日。

「その日は普通に坂を下ってたんですけど……」

真ん中付近の緩やかなカーブを越えたあたりで、ふと目を瞑ってみようかと思い立った。

「考えてみれば、その地点から瞑って下りた事はなかったんですよ、だからちょっとチャレンジしてみようかなって」

中ごろまで坂を下り降りてきているため、そこそこスピードが乗った状態である。いつもと比べれば危険度は高まっていると言えた。

「スピードが上がっていれば、同じ秒数であっても進む距離は違ってくるわけですからやっぱり緊張はしてたと思います」

——一、二、三、四、五
頭の中で秒数を刻んでいく。

——六、七——

「からだがフワッと浮きましたね」

歩道と車道を区切る段差に突っ込み、激しく転倒した。

自転車は大破したが、幸いな事に菅原君には殆ど怪我はなかったという。

「肘《ひじ》のあたりとかを酷《ひど》く擦り剝いていたりはしたんですが、事故の状況を考えると骨折だの何だのがあってもおかしくないような具合だったのでラッキーでした」

ひしゃげた自転車を路肩に置いて、家に帰る。親に報告すると車で自転車を回収してきてくれた。勿論、目を瞑って坂を下っていた事までは言わなかった。

「そしたら親父が玄関から呼びかけてくるんですよ、ちょっと来いって」

父親は自転車後輪の泥除けの辺りを指差している。覗き込むとその部分に貼っていた交通安全のステッカーに様々な角度から切れ込みが入っていた。

「近所の神社で売ってたステッカーなんです、交通安全祈願の祈祷済みだとか何とかで、父親が貼ってくれたものでした」

父親は「感謝しろよ」と菅原さんの頭を小突いた。

「それっきり。後は徒歩で通学する事にしたので」

無謀なチャレンジをすることはなかった。


卒業して数年。所属していた運動部のＯＢ会が開かれた時の事。

自分達よりも何年も年上の先輩達と話していると——


「あの坂を、チャリに乗ったまま目を瞑って下り降りてたりしたんだよな。ガキっていうのは馬鹿なんだなって今になって思うよ」

三十を過ぎた年恰好の古参の先輩がそう言った。

「俺もやってましたよ！　派手に転んでから止めましたけど」

先輩は菅原さんの言葉に驚いたような目を向けた。

「お前、大丈夫だったの？」

「ええ、幸いな事に肘の辺りを擦り剝いただけでした」

「……」

その後、先輩がポツポツと語り出した内容を聞いてゾクリとした。

「その先輩の同級生って人が、やっぱりあの坂を目を瞑って下ってたそうなんですけど、思い切り転倒したっていうんだよね。その時は頭を強く打って、クモ膜下出血を起こしてたり、肩の関節を脱臼してたりしたそうで……」

どう考えても不可解な怪我があった。

「足のふくらはぎの辺りが鋭利な刃物で何回も切りつけられたようにズタズタになってたんだって。病院から連絡が入って、学校でも結構な騒ぎになったそうなんです」

もともと誰かにふくらはぎを切りつけられていたために、こんな酷い転倒が起こったんじゃないかという事で、素行の悪い生徒などは吊るし上げを喰ったという。

「まあ、本人もそれはちゃんと否定したみたいで、結局曖昧なまま終わったようなんですけれど……」

先輩がこんな事を言っていたという。

「普通さ、あんな坂で目を瞑るなんて事は考えられないよな。あの当時は度胸試しみたいに思ってたけど、今回帰省してきて久しぶりにあの坂見たら、とてもじゃないけどそんなことやっていい坂じゃねえなって思ったよ」

それはあの転倒後、菅原さんも感じた事だった。

「〝目を瞑る〟っていう事そのものが、何かの誘惑だったのかもな、例えば俺のダチのふくらはぎを切ったヤツとかの……」

先輩は冗談めかしていたが、菅原さんは、あの夜のお守りの惨状を思い出した。

「そういう事ってあるのかもな、本当に守られたのかもしれないって思いました」

えびすさま

津田さんの勤める介護施設に大沼さんというおばあさんが入所してきた。

認知症を患っているものの、健康状態は良好。元々穏やかな性格であるらしく、叫んだり暴れたりするような事もない。落ち着いた方であったという。

ただ、この大沼さんはちょっと変わった行動を取る事があった。

「天井とか、部屋の隅とか複数の箇所を確認するように指差して、何か歌いながら両手を合わせて拝むんだよね」

「何を拝んでいるの？」と老婆に問うと、

「えびすさま」と答える。

太って下腹の出ているような介護職員を見つけると、近くに寄って来てその突き出た下腹を撫でながら「えびすさま」と呟く事もあった。

家族が訪問してきた時に何か思い当たるフシはないかと訊ねてみたが、入所する以前にそういう行動を取っているのは見たことがないという。

害のある行動ではないので、ニコニコと穏やかな表情で虚空を拝む老婆の奇行は、認知症におけるそれであるのだろうと考えられ、話題にはなっても問題にされるような事はなかった。

施設の夏祭りでのこと。

中庭に職員がいくつかの出店を設営したり、踊りを踊ったりする。入所している方々とともに祭りの雰囲気を楽しむという趣向で、人気の行事である。

その日は、この施設の職員で産休中のエリちゃんという女性が参加していた。

「夏祭りの日は、施設を地域に開放して、家族さんとか近所の方だとかも参加できるようにしてるんだよね、彼女も大きいお腹をさすりながらそれに混じって楽しんでたの」

津田さんは、同期でもあるエリちゃんと並んで、祭りを眺めながら語っていた。

小さな打ち上げ花火が始まり二人で並んでそれを眺めていると、エリちゃんの傍らにいつの間にか例の大沼さんが立っている。

「こんばんは、楽しんでますか？」エリちゃんが笑いかける。

大沼さんは、エリちゃんの大きなお腹を凝視しながら、ゆっくりと手を伸ばし、撫でた。

「えびすさま」

満面の笑みでそう呟くと、右手を差し出す。

どこから捕まえてきたのか、その手には大きなヒキガエルが握られており、その白い腹に老婆の指が食い込んでいた。

「大沼さん！」

津田さんは慌てて大沼さんの手からカエルを引き剝がすと、手を洗うために洗面所に連れて行った。

「えびすさま、えびすさま」

と呟きながら、嬉しそうな表情の老婆に不気味なものを感じたという。

その日の深夜、エリちゃんが緊急入院したという話が伝わってきた。切迫早産だった。

「幸い母子共に無事で、ホッとしたんだけど……」

半年後、エリちゃんは元気そうな様子で赤ちゃんを見せに施設にやってきた。

「仲の良かった入所者さんと約束してたみたいなんだよね、赤ちゃんを見せに来るって」

可愛い可愛いと興奮気味の入所者達の中に、大沼さんの姿があった。

ニコニコしながら様子を見ていた老婆は、母親の腕の中でスヤスヤと寝息を立てる赤子を覗き込むと――。

「えびすのできそこない」という言葉を発したという。

「〝えびすさま〟ってさ、どういう意味だと思う？　元気な赤ちゃんのどこができそこないなんだろうね？」

認知症の老人の発言に対し、疑問を持っても仕方なかろうと話すと。

「認知症だからこそ、意味のない話はしないものよ」

津田さんは両肩を抱え、震えるようにそう言った。

大沼さんは、今も何かを数えるように虚空を指差しては「えびすさま」を拝んでいるという。

まだですかぁ

ある雨の日、専業主婦の佐伯さんは、買い物を終えて自宅に向かっていた。

商店街を抜けて、住宅街に入る。

雨の日だからか、車の通りはあるものの人通りは少なかった。

「歩いてたら何か騒がしいのよね、どこかで宴会でもやっているような、そんな雰囲気」

周囲には民家が立ち並んでいる。

「個人の家とか、集会場とかそんな規模での集まりじゃなく、大きなホテルとかでの、数百人規模の集まりみたいな。お祭りの会場を通りかかったような、そういう賑わいが感じられたの」

しかし、近辺にはそんな大人数を収容できる施設は無い。

商店街であるならまだしも、大きな空き地などない区画整理された住宅街において、大規模な催し物が開かれているとは考えられなかった。

「イベントの告知みたいなのはなかったんだよね、街の広報とか結構チェックしたりするんだけど……」

錯覚や空耳にしては、随分としっかりした気配を感じる。どう考えてもこの近辺で何らかのイベントが開かれているように思える。しかしその実体がどこにあるのか見当も付かない。

「何だろう、やっぱりおかしいなって。家に帰ったら近所の友達に電話して訊いてみようって」

そんな事を考えていると、突然——

「いきなりパーティ会場の真ん中に投げ出されたようだった、さっきまで感じていた賑わいの中に、いつの間にか私がいて——」

様々な人の話し声、笑い声。カチャカチャと食器がぶつかっているような音。そのまっただ中に突っ立っている自分。そんなイメージが浮かんだ。

「えっ⁉　って思った瞬間には、もう静かになってて……」

まるで実体のないパーティ会場が通りすぎて行ったようだったという。

「何て言ってたのかはハッキリしなかったけど、耳元で話し声まで聞こえたからね。すっかり怖気《おじけ》づいちゃって……」

歩く速度を速めた。自宅へはもう五分足らずの所まで来ている。


「まだですかあ？」

突然、後ろから声が聞こえた。

振り向くと、五メートル程先に若い女が立っている。

カジュアルな服装で、雨の中傘もささずにじっとこっちを見つめてくる。

「何なのこの娘って、さっきの今だから尚更――」


「まだですかあ？」

女が再び声を上げる。

口は半開きで、どうやって喋っているのか唇が全く動いていない。

「ブワっと全身に鳥肌が立って……」


全力で駆け出した。

家に飛び込むと、すぐさま玄関に鍵をかけ、夫に連絡を入れる。

「とにかく早く帰ってきて！　って、もう本当に焦っちゃって……」

三十分も立たないうちに、慌てた様子の夫が家に飛び込んできた。

「大丈夫か！　って。でも別に大丈夫なんだよね、怖かっただけで」

事情を説明する彼女に、夫は呆れたような顔を向けた。

「アホだなって言われたけど、それでやっと落ち着いてね。玄関に放り投げていた買い物袋を取りに居間から出たんだ。それで中身を取り出したら――」

さっき買ったばかりの品々が全て開封されていた。

「わけがわからない話でゴメン。だけど旦那もそれを見たから、旦那にも確認をとってもらっていいよ」

佐伯さんはそう言って笑った。

シュークリーム

その占い師は、彼女にこう告げた。

「あなたの友達がシュークリームを食べたいって言っています。もう自分では食べられないからあなたの口で食べて欲しいって。供養だと思って食べてあげて。きっと守ってくれるから」

ユミちゃんは高校生の頃に親友を亡くしている。不慮の事故だった。人見知りがちで友達も少なかった彼女にとって、その突然の出来事は精神的に大きなダメージだったという。

「その話を聞いて、きっと彼女のことだろうなって思ったからシュークリーム買って家で食べたんですよ」

口コミで聞いたその霊感占い師は、専門に店を開いているわけではなく、人づてに紹介された人間だけを視てアドバイスをくれる。恋愛から転職や引っ越しの相談まで幅広く助言をもらえると聞いてやってきた。

四十歳を過ぎたぐらいだろうか、やや神経質そうな主婦といった感じの風貌の女性である。冒頭の話をユミちゃんに語った後で「亡くなった彼女は今でも貴方の後ろで見守るように立っている」と語った。

地元の専門学校を卒業し、地方都市の企業に就職して半年。新しい環境に中々馴染《なじ》めずに心細くなっていたところだった。

「このままでいいのかなって、自分のキャリアとか結婚とか先々のこと考えると頭がぐちゃぐちゃになっちゃって……誰かと話して現状を一回整理したかったのかな」

――でもだからと言ってそんな怪しげな人に相談に行かなくってもいいんじゃない？

「うん、そうなんですけど、こっちに出てきてから金縛りみたいなのとかにも結構遭ってて、そっちの意味でも視て欲しかったんですよ」

――金縛り？

「夜寝てると体が動かなくて。その時、頭の中で鈴の音がしてるんです、チリンチリンッて。だから何だってわけでもないんですけど怖いじゃないですか？　こっちの部屋に引っ越してからだし何かあっても嫌だし」

――で、解決したの？

「シュークリームを買って食べた日から、確かに金縛りはなくなったんです。亡くなった親友が守ってくれてるんだなって思って、心強く思ってたんですけど……」

――けど？

「それから無性にシュークリームが食べたくなるっていう事が増えてきて。私そんなにシュークリーム好きじゃないのに……」

自分で食べたいと思いシュークリームを購入するものの、実際に食べてみると全く美味しいと思わない。味の無い泡のようなものを食べているような感覚だったという。きっと亡くなった彼女が欲しているんだろうなと思い、我慢して食べるがそれもだんだん辛くなってきた。

「それでもう一度、その霊能者の人のところに行ったんですよ」

霊感占い師はユミちゃんを見るなり怪訝《けげん》そうな顔をして――、

「ああ、わかってなかったのね。親友の事だから知らなきゃダメよ」

と言った。

「その言い方が凄くキツい感じで、この前相談した時とは雰囲気も全然違ってたんです。しかも何の事なのかわからない話をされたあげく、『もう言う事はないから』なんて突き放すように……こっちも頭にきて、謝礼置いてそのまま帰ってきました」

適当な事を言われて騙されていたんだと思い、真面目にシュークリームを食べていた自分を恥じた。

しかし、その夜もシュークリームが食べたくなる。騙されていたんだからと自分に言い聞かせても無性に食べたくなる。

「馬鹿馬鹿しすぎて、情けなくなって」

なかば意地になってシュークリームを食べず、泣きながら寝た。

——その夜、亡くなった親友が夢枕に立った。

「フチの厚いメガネと高校の制服を着た、あの頃の姿のままで。私を見下ろすように立って、ありがとうって言うんです」

ユミちゃんは、意地になってシュークリームを食べなかったのに「ありがとう」と言われ、なんとも申し訳ないような気持ちになっていた。しかし、親友は無表情に「ありがとう」を繰り返すばかり。

「ありがとう、ありがとう、ありがとうありがとうありがとうありがとうアリガトウアリガトウアリガトウアリガトウアリガトウアリガト……」

「ずっとずっとありがとうって、段々とその声が甲高くなってきて。でもずっとありがとうっていうのが終わらないんです。その時にようやく、あ、まずいと思って……」

その声の後ろからいつもの鈴の音が聞こえ出した頃、彼女はやっと意識を失った。

「それで次の日、実家に電話を掛けて聞いたんですよ。『彼女の事で何か隠している事ない？』って」

結論、親友の死は自殺だった。

彼女の両親や学校との協議の結果、ユミちゃんや級友には伏せられていたのだという。

川の中で

渡辺君がお父さんと川に釣りに行ったときの事。

当時彼は中学生で、これまでも何度か父親と鮎《あゆ》釣りに出かけていたという。

「でも、親父が俺に貸してくれてた竿って、グラスファイバーの重いやつだったから疲れるんだよね。自分はカーボンの軽い竿使ってるから楽だったろうけど」

朝五時から釣り始めて、八時を過ぎる頃にはもう飽きてしまっていた。

「その日は釣れなくってさ、釣れもしないのにそんな重い竿振っててもつまらないなって思ってね。途中で竿を置いて、親父が釣ってる場所からちょっと離れた所で泳ぐ事にしたんだ」

季節は夏真っ盛り。湿り気を帯びた空気と、げんなりするような日光の照りつけが始まっていた。渡辺君は着ていた胴長を脱ぎ捨て、水着を着て川に飛び込んだ。

「気持ちよくってさ、風呂に浸かるみたいに浮いたり沈んだりしてたんだけど、ふといい事を思いついてね」

〝釣れないのなら突こう〟と思い立った。

当時まだ中学生だった渡辺君には、遊魚券は必要なく、ヤスで鮎を突いても咎《とが》められる事はない。友釣りを得意としていた彼の父親は、種鮎を確保するため、時々彼を川に潜らせると鮎を突き獲ってくるように命じていたという。獲った鮎は父親が二百円で買い取ってくれた。

車に戻るとトランクからヤスを取り出し、川原に向かう。

「流石《さすが》に頭とか潰しちゃうと泳がなくなっちゃうからね、尾っぽの方に狙いをつけて突くようにするんだ」

水泳用のゴーグルを付けると川に沈み込んだ。

「向こう岸の、ちょうど葦が群生している一角に行って、水に沈んでいる根っこの辺りを確認したとき――」

――いた！

鮎が何十匹も、葦《あし》の根元でそれに守られるように泳いでいた。

「よし！」

渡辺君は一度顔を上げ、思い切り息を吸い込むと再び川に潜った。

葦の根っこに邪魔されて思うようにヤスを放てなかったが、その絶妙な難しさをかえって面白く感じ、夢中になって繰り返していると――。

「葦の根っこの奥のほうに誰か居た」

顔が横に広く伸び、ふやけたように輪郭がハッキリしない誰かが渡辺君をじっと見てくる。

「アンパン、ショクパン、カレーパンの、カレーみたいな顔をしてた。見間違えかと思って、何度か潜って確認したんだけど……」

何度潜っても、それは水中の同じ場所で息を潜めるように微動だにせず、じっと渡辺君を見つめていた。

群生する葦の根っこが、まるでその者を閉じ込める牢獄のように見えたという。

川の水深は一メートル程、葦が生えている事と川の流れのために、水上からはそれを目視する事ができない。

「水中で何度も見詰め合っているうちに、コレは生きてるなって思った。水死体ではないなって」

見開いた目をゆっくりと瞬きをするように閉じたり、口からポコポコと泡を出したり、その佇《たたず》まいは、まるで大きな鯉を思わせたという。

「河童《かっぱ》か？　とも思ったけど水中では頭の皿なんかは確認できなくて」

不思議と、恐怖感はなかった。

「こっちは泳ぎ回ってる鮎を虐殺しまくってたわけでね、何ていうか気持ちに勢いがあったから……」

周囲には、父親以外の釣り人がチラホラ入ってきているようだった。

おもむろに狙いを付けると、渡辺君はそれに向かってヤスを放った。

「もし魚だったら新種になるんじゃないかと思ってさ」

結局、葦の根っこに阻《はば》まれてその者にヤスは当たらず、水中で泥を巻き上げながら消え去った。

「その年の秋だったな、大雨が降って」

葦原は根こそぎ流された。

その者がいた場所は、今はコンクリートで護岸されている。

髪の毛

マンションに一人暮らしのＦさんの話。

日曜日の朝、眠たい目をこすりながら顔を洗おうと洗面所に向かった。

ふと見ると、白い陶器でできた大きな洗面台にぺったりと張り付く、長い髪の毛が一本。

「一目見て髪の毛だなって思ったけど、俺の髪にしては随分長かった」

不思議に思い、指で摘んで引っ張ってみる。

黒々として随分しっかりとしている。

「あれよあれよという間に、四十センチぐらいは引っ張れたんだ」

髪の毛はまだ排水溝の中に続いている。

なんだコレ？　本当に髪の毛だろうか？

尚も引っ張ると途中で何かに引っかかり、プツンと切れた。

「パタタッとフランス料理みたいに」

白い陶器の洗面台に赤い水玉模様が散った。

「血、なんだろうけど……髪の毛から？　そもそもこの毛なに？　って」

蛇口を捻ると水で流した。

「携帯か何かで写真でも取っとけば良かったなと後から思ったけど、咄嗟に流しちゃった」

綺麗にすべて流れ去ったという。

お祓い

Yさんは中学生の頃に「目が見えなくなったらどうしよう」という考えが頭から離れず、頻回にパニックを起こしていたという。

「今はもうそんな事はないんだけれど、当時は本当に怖かった。いくら考えないようにしても、どうしたって頭に浮かんでくるの」

目に病気があるわけではなく、むしろ視力は良かった。

ただ何時の頃からか自分の視界が塞がれる事や、目を瞑る事それ自体に恐怖心を覚えるようになった。

「プールとか、夜寝る前とかね、とにかく目になにか確かなものが映っていないと怖いのよ。その思考が始まると、最終的には〝自分の目が見えなくなったらどうしよう〟っていう単なる可能性の話にまで飛躍しちゃって。そうなるともうその考えから抜け出せなくなるの。そこから過呼吸起こして、気を失って……」

精神科に通院し、精神安定剤の処方を受け、それを服用することで何とか夜には眠れているような状態だったそうだ。

そんなYさんを見かねて、幼い頃からYさんの事を誰よりも可愛がっていた祖母が、ある祈祷師を探してきた。

「亡くなった祖父の知り合いとかで、祖父の代まではうちに結構出入りしていた人だったそうなの」


祖母の話では、Yさんの家系には、今の彼女と同じような状態に陥る人が度々現れ、その都度、腕の良い祈祷師や霊能者に解決を依頼してきたのだという。

「父方の血筋にその傾向があったみたいでね。でも私の父にはそういうところはなかったから、祖父が亡くなって以来、疎遠になっていたようなんだけど」

祖父も、若かりし頃にその祈祷師に助けてもらったことがあるとの事だった。

「でも、祖父を助けた事があるっていう年代の人だから、もうとってもお婆ちゃんでね、当時の私から見ても〝大丈夫なのかしら〟って思えるほど弱々しくって……」

腰の曲がった、白髪の老婆であった。

その祈祷師はYさんを見るなり、うんうんと何度か頷くと「話してみなさい」と促した。

「てっきり何か儀式みたいな事をするのかと思っていたら、全然そんな事なくって。ただただ私の話を聞いては何度も頷いて、『それで？』『それで？』って聞いてくるの」

当初は単なる状況説明に留まっていたのだが、「それで？」と促されるたびに気持ちが昂ぶり、次第にこれまでどれだけ怖い思いをしてきたのか、なんでこんな思いをしなければならないのか、というように心情を吐露し始め、気付けば涙を流しながらの訴えになっていた。

「自分で自分の事を話しているんだけど、いつの間にか〝話している私〟を客観的に見ている〝私〟がいたんだよね、不思議なんだけど」

自分でも〝よくもまあここまでしゃべるものだわ〟と頭のどこかで思っていたのだそうだ。その冷静な思考とは裏腹に、口からは次々と恨み節のような文言が出てくる。

いつの間にか、家や学校での不満や自分の容姿の美醜について、食べ物の好き嫌いなど、最早《もはや》何を言っているのか自分でも収集がつかなくなるほどにエスカレートしてきていた。

「自分でも呆れる程に、周囲の人間に対して罵詈雑言を吐いてたの。最後には『自分がブスなのはお母さんがブスだからだ！』って……もうね、自分で自分に『いい加減にしろ！』って思うぐらい」

パンッ

手が鳴った。気付くと目の前で祈祷師が何やらお経のようなものを唱えている。Yさんは急に我に返り、それまでの一連の自分の発言を悔いた。

周囲を見渡すと憮然としている父、泣く母、手を合わせている祖母が目に入った。

祈祷師は経を唱え終わると、

「大分重い、これは持って帰るが、まだ続くだろう」

と父に言い、トボトボと帰って行った。

言葉通り、それからもYさんのパニックは続いた。

「結局効かないじゃんって、あれだけ恥ずかしい思いまでしたのにって思ってたんだけど……」

祈祷の日から数ヶ月後、Yさんは祖母に執拗に誘われ、電車で隣町まで行った。

着いた先の家では葬儀が行われており、状況もわからず焼香を済ませると、目の前の遺影に釘付けになった。

「多分、あの時の祈祷師のお婆さんだと思うんだけど……」

目の前の遺影は異様なものだった。

「遺影になっている写真のちょうど目の部分にサラシみたいなのが巻いてあるの。まるで額のハチマキを目の部分にズラしたみたいに……」

その日を境にぱったりとパニックが止んだ。

「突然、何が怖かったのかすらぼんやりとしてわからなくなったの、本当に文字通り〝憑き物が落ちた〟みたいに」

祭壇に向かって、祖母が何度も頭を下げている様子がとても印象に残っているという。

トンネル

　ある女性から聞いた話だ。

「明治とか大正とか、とにかくその辺の年代にできたトンネルだって話だったのね」

　曰く、そのトンネルは機械を使わず人力のみで作られたものであり、その工事の過程で落盤事故が幾度も発生した。

　粘り強い作業の末にようやっと完成を見たが、それまでには多数の死者を数える難工事であったという。

「そんな歴史があるせいか、私たちの頃には立派な心霊スポットになってて」

　鉄道網が発達していない田舎の町である。高校を卒業すると、地元で働き出す殆どの若者が、自分の車を購入する。

もちろん通勤のためにであるが、車のもつ機動力と自分だけの空間を得たという思いは快楽となり、その快楽があてどもないドライブへと若者を駆り立てる。

「その日は免許を取ったばかりの友達の運転で、私ともう一人、計三人でのドライブだったんだけど」

初心者マークの友人の運転技術を上げようというテーマのもと『今まで行ったことのない場所へ行こう』という趣向で、細い路地や、草の生い茂る河川敷、明かに私道と思われる道などを走破し、行き着いたのがそのトンネルだった。

「噂ではトンネル工事の事故で亡くなった人達を供養するために、トンネルの端々に工事中に使ったツルハシや鍬なんかが突き刺さっていて、その数を全て数えると祟られるっていう話だったのね」

勢いに任せてトンネルの前まで来たものの、車内には女の子が三人という心細い布陣。旧道であり、相当な悪路でもあったため、初心者マークの運転手は「運転に集中させて！」とイライラしている。

もう一人は「私こういうのダメだから、目も耳も塞いで下向いてる。トンネルが終わったら教えて」と後部座席で丸くなる始末。

助手席に座った彼女だけが、ワクワクとした心持で車外を眺めているという格好になった。日が暮れる時間帯、明かりもないトンネル内で、車のヘッドライトが心もとなく上下にゆれる。

「知っていても、見えた時にはドキッとした。トンネルの脇の方に、錆びたようなツルハシやらシャベルやらが、頭の部分だけ刺さってるの」

噂どおり、そこには無数の工事器具が、まるで何かを詫びるように下を向いて突き刺さっている。恐らくは木でできていたであろう柄の部分が腐れ落ち、頭の金属部分だけを残したその姿が、トンネルができてからの時間の経過を物語っている。

「うわーって思ったけど、数えなければ大丈夫っていう話だったから、数えないようにしながら目に入るものはできるだけ観察してたの。後で皆に話そうと思って」

と、彼女は不思議な事に気付く。

「トンネルの工事をしてたのって、明治大正の時代なわけでしょ？　柄の部分は腐ってて当然としても、頭の金属部分だってそれなりに腐食してなくちゃおかしいわけじゃない？でもしっかり地面に刺さってるし、どうもそんなに年月が経ったもののようには見えなかったんだよね」

トンネルを抜けた先は、池になっており行き止まり。特に見るべきものもなくUターンすると再びトンネルに入る。

「とにかく数えなければ大丈夫って思ってたし、一度通った後だから特に怖いとも思わずに眺めるだけ眺めてトンネルを出たの。もしかすると、誰かがイタズラでシャベルやなんかを刺してるのかも知れない、なんて思いながら」

トンネルを抜けると後部座席で丸くなっていた友人を起こし、運転していた友人に「ホントにあったね～」と話しかけると、「道が悪すぎて余所見なんかできなかったよ！」と怒られた。

結局刺さっている器具をしっかり確認したのは自分だけだったとわかり、少し得した気分だったという。


――数年後。

彼女はバーで働いており、お酒を作りながらカウンター越しに客と話すのが仕事になっていた。ある日訪れた客と話していると、あのトンネルの話題になった。懐かしいと思い、自分が実際に行って見て来たこと、確かにツルハシやシャベルが突き刺さっていたことを得意げに話していると、どうもその客の様子がおかしい。

まるで自分の話を疑っているような皮肉な笑いを浮かべながら客が言った。

「俺は何度もあのトンネルに行ったけど、ツルハシだのなんだの、そんなもんは一つも無かったよ。そもそもあのトンネルは、そのツルハシだのなんだのが見えたら祟られるっていう噂で有名だったんだから」

家族の風景

Tさんは大の幽霊好きである。怖い話に目がなく、心霊スポットがあると聞けばわざわざ夜中にそこを訪れ、記念写真を撮ってくるような男だ。

それでも私と同じ零感体質なので、これまで一度も幽霊を〝見た〟事はないという。

「じゃあなに？　聞いたことはあるの？」

「聞いたっつーか、そもそも幽霊なのかどうか判断がつかないってのはあるよ」

Tさんが以前勤めていた職場の先輩で、Mさんという人が居た。三十代の前半で一戸建ての家を建て、そこに一人で住んでいる四十手前の独身男性だった。

会社の飲み会の席で意気投合したのが縁で、ある時期とても親しく付き合っていた。

「俺の趣味に関しても興味深そうに聞いてくれてね、一緒に心霊スポットめぐりなんかもしたんだけど」

何度目かの心霊スポットめぐりの帰り道、今回も出ませんでしたねなどと話しながら車を走らせていると、Mさんが神妙な顔で「どうしても見たいか？」と訊いてきた。

「そりゃ見たいですよ！　こんだけ頑張ってるのに、一回も見たことないんですから！」

Tさんがそう述べると、Mさんが
「誰にも話さないなら見せてやる」と言った。


それから数日して、TさんはMさん宅に招かれた。例の〝見える〟スポットへ行く打ち合わせか何かだろうとウキウキしながら向かったという。

男の一人暮らしにしてはこざっぱりと片付いた家の中は、そのせいでかえって寂しそうに見えた。

居間のテーブルに酒やツマミを出して飲み始める。

Mさんは「簡単なもので悪いけど」と、ウインナーを焼いたものや焼きうどん等を食卓に並べた。「本当に簡単なものですね」と軽口を叩きながら出されたものをつまんでいると、Mさんが〝自分のこれまで〟を話し始めた。

〝自分には十代の頃から付き合っていた女性がいたこと〟

〝この家を建てた頃には、その女性と婚約を交わしていたこと〟

〝この家の間取りや内装などは、彼女の意見が大部分反映されていること〟

〝自分がその女性を裏切ったこと〟

〝結果的に婚約を解消し、彼女は別な男と結婚していること〟

〝その事を今でも悔いていること〟


酒が進み、大概酔っ払ってきているとはいえ、大の男の懺悔じみた話を聞き続けるのは面白いものではない。

「まあおかしいとは思ってたけどね。一人暮らしでわざわざ一戸建てなんてさ。でもそんな辛気臭い話を聞くために行ったわけじゃないから、適当に相槌打ちながら例のオバケの話しを振ったわけ」

Mさんは苦笑いをしながら「多分そろそろだと思う」とよくわからない事を言った。

すると玄関のほうから「ただいま」と声が聞えた。

「えっ？　と思ったよね、誰？　って。一人暮らしだって聞いてたから」

だれか帰ってきましたよ？　とMさんに言うと「見てみな」と玄関の方を指差す。

挨拶の一つもしなけりゃなと、居間の引き戸を空けて玄関の方に顔だけ出してみる。

「誰も居ないんだよね、真っ暗なんだよ」


「見えない？」と問うてくるMさんに対し、

「何がですか？」と聞き返すTさん。

「あー見えないかー」と天井を仰ぎ見るMさん。

「だから何がですか？」と問うTさん。


するとMさんは、シーッと鼻先に指を当てた。そのジェスチャーに促され思わず言葉を飲んだTさんの耳に、バタバタと子供が廊下を走るような音が聞えた。

「やっと気付いたんだよね、今日のコレ、打ち合わせじゃなくて、この家そのものがそういう事なんだって……」

物音を立てないように自分の居た座布団の上に戻り、Mさんに向き合う。

酷く悲しそうな表情をしている彼を見ながら、生涯において初の心霊体験らしきものをしているという興奮にTさんは震えた。

今度はキッチンの方が騒がしい。大人の男のような声が途切れ途切れに聞えてくる。

「アレー？　って思って。でもこの声、この目の前のオッサンの声なんじゃないの？　って思ったんだよね」

もしかして手の込んだイタズラか何かじゃないだろうか？　という疑念が巻き起こった。

考えてみれば、さっきの「ただいま」という声も、Mさんのそれにそっくりだった。

〝うわっ！　やられた！〟そう思い半笑いの顔をMさんに向けようとした瞬間——。

「お父さん！」

というハッキリとした声がキッチンから聞えた。幼児の声だった。

引きつった半笑いの表情を向けると、Mさんが涙を流している。

次いで風呂の方が騒がしくなり、キッチンからは物音がしなくなった。

嗚咽《おえつ》を漏らす四十男の様子をぼんやりと眺めながら、Tさんは酒を飲み続けた。

午後十時を過ぎる頃には家の中は静まり返った。と、同時に、猛烈な尿意を自覚する。場の雰囲気にのまれ、思った以上に恐怖を感じていたTさんは、この家のトイレを使用することをためらい、「おいとまします」とMさんに伝えた。

帰り際、Mさんはポツンと「こういう未来もあったのかも知れないんだ」と言った。心の整理も付かぬまま、Tさんはトボトボと家路についたという。

「しばらくしてMさんは会社を辞めて、今は連絡も付かなくなった。アレがイタズラじゃなくて、Mさんを信じるなら、あの時のアレが今の所唯一の心霊体験だな」

「心霊体験なの？」

「わかんない。でもMさんの婚約者の人は、Mさんに裏切られてから子供を流したらしいって話を、しばらくしてから会社の人に聞いたよ」

出た？

内装業に携わるAさんの話。

その日、Aさんは某地方都市の駅ビルのテナント改修工事の作業をしていた。工事の際に、隣接する店舗と自分たちが工事する店舗の境界を区切るリースラインというものを引く必要があり、Aさんは一人でその作業をしていた。

「難しい作業じゃないんだよ。だから俺が一人で請け負うことにしたの。距離を測ってそこに目印を付けていけばいいだけの作業なんだから」

しかしその日に限って、どうやっても距離が合わない。計算は図面通りにやっているはずなのに、何度やっても狂いが生じてしまう。

「こりゃあおかしいぞと思って、一旦休憩してたんですわ」

就業後の駅ビルである。他の店舗の工事関係者がチラホラと見受けられる以外は、殆ど人通りはなく、辺りは静まり返っている。今日のこの作業が終わらないと、明日以降の職人を呼んでの作業に支障が生じてしまう。

ちょっとした焦りと共に煙草をふかしていると、背後から何か視線を感じる。

「まあ、大きなビルだからね。どっかの店舗のオーナーが首吊ったとか、そういう嫌な噂は聞いた事があったから、何となく妙な気分ではあったよね」

煙草を消し、早いとこやっつけてしまおうと作業に取り掛かったが、やはり上手くいかない。イライラして作業を中断すると、図面を覗き込んだ。

「そもそもその図面がおかしいんじゃねえかと思って、何回も確認してんだけどね」

ふと頭をあげて、通路の突き当たり、階段の方を見ると人が一人立っている。赤い服を着た男のようだった。

「何でか俺のほうをじっと見てて、気にはなったけどこっちはそれどころじゃないからね、無視して仕事してたんだ」

結局、何度やっても埒《らち》が明かず、次の日に作業を持ち越してその日は帰った。

赤い服を着た男はいつの間にか消えていたが、睨むような表情だったのが印象深かったという。そして次の日――。

昨夜はあれほどうまくいかなかったものが、何の問題もなく作業を終えられた。

暫《しばら》くしてから、同業者の集まりに参加していたAさんは、他社の顔見知りの職人に話しかけられた。

「出た？」

「は？」

「いや、あそこの仕事やったんでしょ？　どうだったのかなと思って」

以前はAさんと同じ職場に勤務していたその男は、共通の後輩から先の駅ビルの件を聞いているようだった。

「何も出ないよ。リースラインがどうしても合わなかった事はあったけど」

男は頷きながらそれを聞き、

「黄色いヤツ見なかった？　見なかったっていうか〝見られなかった？〟黄色いヤツに」

「そういえば……」

階段の所に赤い服の男が立っていたのを思い出した。

「赤いヤツなら見たけど……？」

「何それ。あそこ、黄色いヤツが出るんだって」

「幽霊って事？」

「さあ、知らないけど、そいつが出ると仕事が上手く行かなくなるんだと。赤じゃなくて黄色。ニヤニヤしてるらしいよ」

以後、Aさんはその駅ビルでの仕事は一人では行わないようにしているそうだ。

白い人たち

Wさん（当時四十代　女性）の話（採話　平成十二年　八月）

「十五、十六年は前の話だけど、元旦にあそこの峠道を車で通りかかった時に多分幽霊か何かそういうのを見たのね。全身が白装束で頭にあの三角の布をつけて、体をゆすりながら踊るみたいにして歩いてたの。車に乗ってた別の娘も『なにアレ！』って叫んでたから、私だけが特別見えたってわけでもないみたい。その後も同じように何度もあそこを通ってるけど、見たのはあの一回だけだね」

Tさん（当時三十代　男性）の話（採話　平成二十年　一月）

「あの峠の所で変なヤツ見たよ。真っ白な服着て盆踊りみたいな動きで手を上げたり下げたりしながら歩いてるヤツ。俺も車に乗ってた他のヤツも見たって言ってたから幽霊とかじゃなく生身の人間だったと思う。でも冬の寒い時期にあんな薄着でわけのわからんことやってるんだからマトモな人間じゃないよね。十年ぐらい前、まだ大学に居た頃だよ」

Yさん（当時二十代　女性）の話（採話　平成二十二年　九月）

「あの峠の話って骸骨のやつでしょ？　ボロボロの布を被った骸骨が歩いてるっていう……。私は見たことないけど当時は結構有名だったよ。わざわざそれを見に行ったグループが事故ったとかなんとか……五～六年前だからまだ覚えてる人もいるんじゃない？」

Aさん（二十代　女性）の話（採話　平成二十三年　八月）

「そういう話は聞いたことないけど、立ってるらしいよね、何かが。ちょうどあの峠の入り口っつーか橋を渡った辺りに。昔から有名だったたって聞いたよ。今はわからない」

Nさん（三十代　女性）の話（採話　平成二十三年　八月）

「あそこ昔から有名だよね、二人立ってるんでしょ？　白い服着てお面みたいなの被ってる人が、道路挟むように向かい合って立ってるっていう。見る人によって能面とか骸骨とか違うんだって。骸骨の方だったら事故に遭ったり死んだりするって」

Ｆさん（六十代　男性）の話（採話　平成二十三年　十二月）

「あそこは昔っから隠れた自殺の名所だよ。峠の途中に『狼に食い殺された』っていう内容が彫られた昔の石碑が立ってるんだけど、あの辺から山に入って首吊るって。俺もバイクでよく通ったけど、たまに歩いてる人とすれ違った時は『自殺じゃねえよな？』って勘繰ったりしたな。バイク仲間で『見た』ことあるっていう奴知ってるから紹介するよ」

Ｇさん（六十代　男性）の話（採話　平成二十三年　十二月）

「俺らの若い頃は仲間内で自殺山って呼ばれてたよ。町外れの林道みたいな所だったから、人通りも少なくて自殺しやすかったんだろうね。あの辺バイクで通ると時々、白い服来た奴とすれ違う事があったんだけど、そういう時は一ヶ月もしないうちに自殺者が出たって話が聞こえてきた。だからそういうのを見かけた時は全力で通り過ぎるようにしてたんだ。見つけて欲しくて出てくるんだろうって思ってたからさ。たまに立ち止まってこっちをずっと見てくるのも居たけど顔が骸骨みたいになっててさ、『こいつ長いこと見つかってねぇんだな』って思ったりしたよね……」

〝今は峠の入り口に立っているらしいですよ〟と私はＧさんに話した。

「だから見つけてほしくて待ってるんでしょ？　ふもとに大きい道が通ってトンネルまで開いたから、もう殆どあの道を通ることなんてないだろうしね……わざわざ下りてきて待ってるんじゃないの？」

みんな！

鈴木君は街の郊外にある会社の倉庫を、一人で片付けるよう命じられた。
倉庫の中には会社で不要になった様々な粗大ゴミが梱包もされず積みあがっている。
乱暴に分別し、まとめる。

「みんな！　来てくれてありがとう！」

声に驚き振り返ると、一昔前のファッションに身を包んだマネキンが一体。
空間に浮いた埃に日光が反射しキラキラと輝く。
辺りは静まり返っていた。

小川

Gさんの家の近所には小さな川が流れている。

小さい頃はよく、水遊びをしたり小魚を取ったりしたし、大人になってからも散歩にはちょうどいい川だった。

近年、その川の上流に食品の加工工場が作られ、流れ出る排水の影響で川は時に異臭を放つまでに汚れた。

「つい何年か前までは、子供たちが遊んだりしてたんだけどねえ。もう無理だなって思うと悲しくなるよね」

近隣の住民が異臭の件を保健所に訴え出て水質の検査などが行われたが、一応の基準は満たしているらしく、工場側には何の指導も行われないままに川は放置された。

「見た目だけで言うなら水が濁っているわけでもないし、ゴミが溜まっているとかそんな事もないんだけど、臭いがあるからね、穢れたっていうか、何となく疎ましいというか、そんな存在になってるんだ」

Gさんの自宅には車を駐車するスペースがないため、近所の知り合いの土地を駐車場として間借りしている。家から出るとその川にかかる橋をこえて、駐車場まで歩かなければならない。

「だから毎日、川の様子を見ることになるんだ。昔は楽しみだったけど今は逆に落ち込むよ」

身近な存在として慣れ親しんだ川が、変わり果てたような存在感で流れている。

私は元々そんな話を聞いていた。


去年の夏の事。

Aさんは、仕事から帰り、車をいつもの駐車場に停めると、川と平行する道を自宅に向かって歩いていた。

「ビチャビチャっていう水音が川の方から聞えたんだ」

もう日が暮れた夏の夜、以前なら冷やしたスイカや飲み物等が川に忘れられている事があり、この時間にそれを取りに来る人間が居たものだが、現在のこの川でそんな事をするご近所がいるとは考えがたい。

不審に思い川を覗き込んでみると、子供のような人影が見えたような気がした。

「近所には小学生の子供が何人か居たから、そのうちの誰かかと思って声をかけたんだ」

水遊びをするには遅い時間である。そもそも水遊びするような川ではなくなっている。

大人としての義務感から「おい」と呼びかけるが返事がない。

「怒られると思って隠れたのかと思ってね。土手から覗き込むようにしたんだけど誰も居なかった」

タヌキやイタチなんかの仕業だろうと解釈し、その日はそのまま帰宅した。


何日かして、同じような時間にその場所を通りかかると、明らかな人影が目に入った。

「こりゃ、やっぱ子供だなと思って、また声をかけたんだけど……」

土手から覗き込んだGさんは戦慄した。

目の先にぬっと現れたその人影は、確かに人間の形はしているものの、顔らしき場所には目も鼻もない、のっぺりとした、まるで等身大の泥人形のようなものだった。

「うわって思って、体が固まったようになったよ。明らかに人間じゃないし、でも人間のように動いているし、何だこれって思って後ずさりして」

すると泥人形はGさんに気付いたかのように、歩み寄る動きを見せた。

「うわわわわ……」

腰が抜けそうになるのを堪えながら駆け出したGさんは、息も絶え絶えに家に駆け込んだ。あわてて玄関に鍵をかけ、ようやく一息ついた。

Gさんの奥さんがその様子を見て駆け寄ると、どうしたのかと訊ねてくる。あまりの事に状況を説明しようにも言葉が出ない。

あわあわと声にならない声を上げるGさんを見ながら怪訝そうな顔の奥さんは、ふと庭の方に顔を向けると、誰か来た、と言う。

「うちの玄関は、夜に誰か来客があると、それをセンサーで感知して明かりが付く仕組みになってるんです」

Gさんも玄関の上の小窓を見る。確かに外に誰かが居るらしく明かりが付いていた。

呼びかけもないのに、のんきに〝ハーイ〟と返事をして玄関を開けようとする妻を制して、Gさんは玄関脇の窓から恐る恐る外の様子を伺った。

「やっぱり居たんですよ、あいつ。あの泥人形。息が詰まりそうになりましたよ」

何なの？　と尚も怪訝な顔の奥さんを居間に戻すと、Gさんは玄関脇の小窓のカーテンを少しだけ開いて泥人形の様子を監視した。

玄関の前に立ったまま明かりに照らされているソレは、Gさんが感じていた川の穢れそのもののように見えた。

「どれくらいそうやって見てたのかわかりません。もしかしたら死ぬかも知れないっていうような事まで考えてましたから」

すると、Gさんの家の向かいに住む奥さんが、裏の勝手口からゴミ袋を持って出てくるのが見えた。

「その瞬間でしたね。もの凄い速さで、ヤツがその勝手口から向かいの家の中に入っていったんです」

その間、向かいの家の奥さんはゴミ袋を整理しており、泥人形には全く気が付いていないようだった。

「何か前の家に悪いことが起こるのではないかと……」

そう思ったGさんは、以降それとなく様子を伺っている。

「今のところ目立った不幸のような事は何もなさそうなんですが……ひとつだけ気になることがあるんです」

向かいの家の今年三歳になる子供が、夜になると異常な夜鳴きをするという。

「それが、あの泥人形が家に入っていった後からなんですよね……。でもだからといって、

『泥人形が入って行きましたから気をつけて下さい！』なんて言えませんしね……」

Gさんはどうしたものか思案している。

心配される

銀行に勤めるWさんという男性の話。

「忙しくて忙しくて、殆ど寝ずに家でも仕事してたんだよね。一週間もそんな調子だったからフラフラで……」

その日も軽くシャワーを浴びて、スーツに着替えて家を出る。

日差しの強い、快晴の朝だった。

「寝惚けながら駅に向かったんだ、歩きながらウトウトしちゃって」

途中、逆方向に向かってきた人にぶつかった。

「あ、すみません」

「気をつけて下さいね」

いかんいかんと思い、深呼吸しながら駅を目指す。

途中の曲がり角で、またも人にぶつかる。

「ああ、すみません、ごめんなさい」

「気をつけて下さいね」

——これは本当に気をつけないと怪我するな、ボヤボヤしすぎてる。

目に付いた自販機でコーヒーを買い、その場で飲み干した。

気を引き締めて、通勤ラッシュの人であふれかえる改札を抜ける。

しかし再び——。

「ごめんなさい！　申し訳ない」

右肩に当たった衝撃を感じながら振り向くと、ぶつかったはずの人が居ない。
驚いてキョロキョロと周囲を見回す、その耳元で——

——気をつけて下さいね

やけに間延びした、太い男の声。
声の主はやはり見当たらない。

「さすがに三回目だと気付くよ……全部同じ声だった」
眠気は一気に覚めたが、その日は仕事にならなかったそうだ。

赤ちゃん

Sが高校生の頃、夕方に自室でテレビを見ていると、妹が駆け込んできた。

「『ちょっとお兄ちゃん!』って言うから何事かと身構えたんだよね。そしたら無言でグイグイ引っ張ってくるもんだから」


引っ張られ着いたところが自宅の風呂だった。その日はSさん自身が帰宅するとすぐに自動給湯のスイッチを入れたので、もう風呂が沸いている状態のはずだ。

「これ……」

と妹が指差す先、湯が張られた浴槽のその中に赤ちゃんが浮いていた。

「なにこれ……」

全く予想だにしなかった事態に二人無言で立ちつくした。

浴槽の赤ちゃんはおくるみを着たまま体を丸め、まるで誰かに抱かれでもしているようにスヤスヤと気持ち良さそうに眠っていた。

母親が買い物から帰ってくる音が聞こえたと同時に、二人で駆け出した。訝しむ母親を追い立てるように風呂場に連れてくる。

「はあっ！」と言ったまま固まる母。

三人の目の前で赤ちゃんはスーっと消えていったという。

「つーかその話、俺知ってるよ、似た話」

「え⁉　マジで？　何なの？」

「何なのかはわからないけど、湯船に赤ちゃんが浮かぶ話ってどこかで読んだ気がする」

後日、その話（木原浩勝『九十九怪談　第三夜』「風呂」）を探してＳに見せた。

「こういうことって良くあるのかな？」

「いや、ないと思うけど、お前らだけじゃないみたいだね」

飛ばす能力

　Sさんは幼い頃、自転車に乗ることができなかった。

「どうしても乗れなかったのよ、補助輪付きの自転車ですら上手く漕ぎ出せなくって、何度も転んでた」

　周りの子供たちが当たり前のように乗りこなしている姿を遠目に見ながら、いつも一人だったという。

「近所に同い年ぐらいの女の子が居なかったというのもあって、大抵は一人で遊んでたんだよね」

　だからといって、家の中で女の子らしい遊びをしていたわけではないそうだ。

「お絵かきとか人形とかママゴト遊びとか、色んな遊び道具が家にはあったんだけど、そういう遊びっていうのもそんなに面白いと思った事がなくって……何ていうか意味がわからないっていう感じかな？　何が面白いのかわからない」

いつも一人でぼんやりしている娘を心配してか、両親は様々なものを買い与えたが、彼女がそれらに興味を示すようなことはなかった。

あまりにも捉えどころのない自分たちの娘を見て発達の遅れを心配したのか、病院のような所へ何度も連れていかれたのを覚えているという。

「何が不満っていうわけでもなかったんだと思うの。ただ、他の子供たちや両親なんかが楽しそうにしていたりすることの意味がつかめなかったっていうかね……かといってそれで疎外感とか孤独を感じるような事もなく……」

〝本当にぼんやりしていたんだよね〟


そんな彼女が唯一楽しめた遊びが〝ビニール袋を飛ばすこと〟だったという。

「家の縁側なんかでぼーっと外を眺めていると『今日は飛ばせそうだ』っていう日があってね。すごくよく晴れてて、色んなものがキラキラしている日なの」

そんな日に、台所からスーパーのビニール袋を一枚持ち出し、家の裏にある畑のあぜ道に向かう。ビニール袋を両手ではためかせるような仕草をすると、それがフワっと手から離れ、青空に舞い上がっていく。

「もうね、すごい満足感。私はこれだけやってればいいんだなって、本気でそう思ってたぐらい気持ちいいの」

青空を背景にぽっかりと浮かぶビニールの袋はゆっくりと泳ぐように滞空し、いつの間にか何処《どこ》かへ飛んで行ってしまう。

「それをずーっと眺めてるんだよね、嬉しくって」


小学校にあがってからも、しばらくの間はそうやってビニール袋を飛ばしては悦に入っていたSさんは、三年生の時に初めての友達ができた。

「大きな街から引っ越してきた転校生で、すごく活発な娘。Mちゃんって言うんだけど、何でか私を気に入ったみたいでとても仲良くしてくれて」

Sさんにとって初めての友達。しかし何よりもそれを喜んだのは両親だった。

「家でMちゃんの話をしたらお父さんが泣いて喜んで、よっぽど心配だったんだろうね」

家が学区の外れにあったことから、休日には両親が送り迎えをしてまでMちゃんと一緒に居させてくれた。家族ぐるみの付き合いである。

ある日、Sさんの家でMちゃんと一緒に遊んでいると外がキラキラしている。

「これは飛ばせる！　って思って、Mちゃんにも見て欲しくていつもの場所まで一緒に行って――」

ビニール袋を広げた。

しかしいつもなら元気にはためくビニール袋がさっぱりはためかない。

――これ飛ぶんだよ！

――本当に飛ぶんだよ！

そういってビニールを頭上に何度も掲げるうちにSさんはとうとう泣き出してしまった。

その様子を見ていたMちゃんは、Sさんが握っているビニール袋を撫でるようにしながら「ぐったりしているね」と言った。


「その言葉が強烈に印象に残って……。『ぐったりしている』なんて言葉を当時の私は知らなかったんだけど、本当に『ああ、ぐったりしている』って言葉の意味が頭に染み込んでくるような感じ」

以来、Sさんはビニール袋を飛ばす事ができなくなった。

「ビニール袋を持っても『ぐったり』っていう言葉が頭に出てきちゃってダメ。すごくショックで何でか体調まで悪くなって……」

Sさんは高熱を出して寝込んでしまい、入院した小児病棟のベッドの上で夢を見たという。

「Mちゃんが出てきて、二人でビニール袋を土に埋める夢。ワンワン泣いてる私の横でMちゃんが『いろんなものが生えるといいね』ってビニールに土をかけてるの」

元気になったSさんは、病院を退院して程なく自転車に乗れるようになった。

Mちゃんとは今でも親友同士だという。

保育所にて

その保育所では、お昼寝の前に「お話の時間」として園児に読み聞かせを行っていた。折しも季節は夏。〝お話〟が終わっても、薄着で騒ぐ園児たちが寝付く様子はない。

保母のAさんはそんな園児たちの様子を見ながら「怖いお話を聴きたい人！」と園児に問いかけた。

ハイ！　ハイ！　と元気良く手を挙げる子供達。Aさんの「怖い話」は園児達に人気があった。

「怖い話って言っても、アンタが集めてるような薄気味悪いような話じゃなくて、もっともっと可愛げのある話よ、遊んだ後に手を洗わないと小さいお化けが夜に手を舐めにくるとか、そんな内容を身振り手振りで盛り上げるみたいな」

その日もまたAさんの怖い話に、子供たちは真剣な様子で耳を傾けた。中には目をつぶって耳を塞いでいる子供もいる。

「あんまり怖がらせると子供によっては大きなストレスになるから、最後は〝笑っておしまい〟みたいにちゃんと落ちまで考えて話すんだけど……」

その日は思いのほか興が乗ってしまい、話している自分自身も鳥肌が立つような話をぶってしまったのだという。

「完全に私の創作した話なんだけど、全然笑えなくって、まるでこの保育園に幽霊が本当に居るみたいな話をしちゃったの。うわーやっちゃったと思って、どう笑える落ちを付けるか考えていたら——」

突然教室の入り口が音を立てて開いた。滑らかな引き戸が全開になっている。園児はAさんの周りに集まっているので子供たちによるイタズラではない。

「同僚がそんな悪ふざけをするとも思えなかったし、一応確認はしたんだけど」

他の組はもうお昼寝の時間の真っ最中であり、園の廊下は静まり返っていた。

「なんだろうって、混乱はしたんだけど、私が不安がると子供達も怖がっちゃうから」

おどけるようにして「さあ寝るよー」と子供たちを布団に入れていった。子供たちは別段驚くような素振りもなく、中には笑っている者も居た。

「後からもう一度確認しても、やっぱり誰もそんなことしてないって言うし、園長先生には怒られるしでね」

子供が怯えて保育所に来るのを嫌がるようなことにでもなったら、失職すら考えられる状況である。

Aさんは翌日からこれまでよりも注意深く子供達の様子を観察し、変わった様子が見られた場合、すぐさまフォローできるように心がけたという。

「まあ、幸いなことに懸念していたような事にはならなかったんだけど……」

子供達の会話の内容まで含めて、細かな観察を続けた所、気になる単語が端々で聞えて来る事がわかった。

「頻繁に〝あの人〟っていう言葉が聞えてくるのよね。でもそれを発言した子にそれとなく探りを入れても、キョトンとして要領を得なくって……」

それともう一つ、保育所の建物の端に併設されてある物置のスペースを子供たちが避けているように見えたのだという。

「今まで気付かなかっただけなのか、私の話の影響なのかはわからないけれど、どうもあの物置の中に子供たちが入りたがらないような気がして。保育士が同伴していれば入るんだけどその時も怯えたような素振りをする子が居たり、中には物置の前で息を止めて入ったりする子が居て……」

もしこの状況が続くようなら園長に報告を上げなければならないなとAさんは覚悟し、

数日後――。

「園児の一人が物置の中で怪我をしたの。傷自体はそんなに大きくなかったんだけど、場所が頭だったから思ったよりも出血があって」

負傷した子供をベテランの保育士に預け、物置に向かう。コンクリートの床に点々と子供の血が落ちていた。物置の前まで来ると、中に園児たちが居るのが見えた。

「あれ？　この子達……って思ったのね」

集まっていた子供達の中には、あからさまに物置に入ることを嫌がっていた子供や例の息を止めて中に入っていた子供も居た。

「平気なのかしらって、それとも単に私の思い過ごしかと思って……」

事故の状況を確認しようとAさんは物置に入った――。


「居なくなったね」

「良かったね」

子供達のそんな声が聞えてきた。

本来ならば直ぐにでも事故の現場から子供たちを離さなければならないのだが、その場の異様な雰囲気にのまれ、Aさんは「何がいなくなったの？」と思わず子供達に聞いた。

子供たちはAさんに何を言っているのかわからないというような顔を向けると、

「あの人」

「黒い人」

と口々に言い募る。

何の事かわからず戸惑うAさんに対し、そのうちの一人が
「血が見れたからもういいんだって」

と言った。


「明らかに何かを見てたんだと思うの、でも実際に誰かが居たわけではなくって……」

次の日からは何事もなく、園児達は無事に卒園していったという。

「その出来事自体を無視して、なかった事にしたの、私の中で」

Aさんは、今はもう子供達に怖い話をすることはないそうだ。

おかあさん

Nさんは四十代の専業主婦である。以前、こんな事があったと話してくれた。

「私、家では皆から〝おかあさん〟って呼ばれてるんです。子供たちは勿論《もちろん》、主人からも義理の両親からも。自然とそうなってて、役割上はそうなんだからまあいいかって思ってます」

初夏を過ぎてそろそろ暑くなってきたある日の事。

洗濯物を二階のベランダに干し終わり、そのまま一息付いていた時、遠くから「おかあさん」と呼ぶ声がした。

最初は気にも留めなかったのだが、一定の間隔をおいて何度も「おかあさん」と繰り返されていることに気付き、不思議に思ったという。

「声も何だか変で……。何歳ぐらいの人の声なんだか、ちょっとわからない感じなんです」

怪我とか体調の不良などがあって、助けを求めている声だったらどうしようなどと、ぼんやりしながら考えていたところ、再び「おかあさん」と呼ぶ声が聞こえた。

「あれ？　って思って。何だかこっちに近づいて来ている感じがして……」

晴れ渡った空が清々しい日だった。子供たちは学校へ行き、夫は仕事、義理の両親は敬老会のイベントで日帰り温泉に行っており、広い家には彼女一人だった。

「ちょっと気になったんで、二階の窓を開けて声のする方を眺めてたら」


「おかあさん」


やっぱり聞こえた。誰かがどこかのお母さんを呼んでいる声。

「最初に聞こえたものよりも大きな声なんですよ……。救急車のサイレンの音みたいに、遠くで鳴っているのか近くで鳴っているのか捉えどころがない感じで……」

窓から眺める景色は、いつもと変わらないのどかな光景。人も歩いていれば車も走っており、少し距離を置いたところでは農作業をする近所の人の姿も見えた。

「気持ちのいい日だなって思ってたんですけど、その声が何だか不安定なものだから、かえって薄気味悪くて」

耳を澄ますと、やはり「おかあさん」という声が聞こえる。呼びかけるようなニュアンスではなく、抑揚なくそれでいて歌い上げるような声。

何なんだろうと訝《いぶか》しみながらも、二階の掃除に取り掛かろうとすると――。

「おかあさん！」

階下から声が聞こえた。

明らかに家の中からだが、自分の家族の声ではない。

「おかあさん？」

遠くで聞えていたものと違い、今度は明らかに〝おかあさん〟を探すようなニュアンスの声。思わず返事をしそうになったNさんだったが、思いとどまった。

「うちの玄関は引き戸で、開けるときに必ず音がするんです。その音が先《ま》ずしなかったのと、その声が私の居る部屋の直ぐ真下の部屋から聞こえてきたので……」

真下の部屋は床の間になっており、義理の両親が使っている部屋だ。義母が管理しているためNさんも滅多には入らない。子供や夫も同様だった。

「そもそも、真下の部屋から聞こえてくるっておかしいと思いませんか？　でもその時は明らかに真下の、床の間から聞こえるって思ったんです」

すくみ上がるような気持ちで、体が硬直していた。何か得体の知れない事態に巻き込まれてしまっているのではないか？

「突然でしたから、全く対応できないんです。窓辺に立ったまま動けなくなっちゃって……」

暫《しばら》くそのままの状態で外を見ていると、再び「おかあさん」と声が聞こえた。

「今度は家の中からではなく、少し離れた所からのように思いました。その途端、一気に力が抜けちゃって」

その場にへたり込んだ。一定の間隔をおいた「おかあさん」と呼ぶ声は、少しずつ遠ざかって行く。


「今でも、時々聞こえる事があるんですよ」

声が聞こえるのは必ず自分が一人で居る昼間だという。「おかあさん」という声が聞こえ始めるとNさんは一目散に家から出て買い物に行く。

「外で聞こえる分にはまだいいんですが、家の中でだけはあの声を聞きたくなくって……」

虫

ある年、Nさん夫妻が初詣に出かけた時の事。

新年の空気を楽しみながら賑わう境内を歩き、お参りを済ませた帰り道で珍しいものを見つけた。

「透明っていうか金色っていうか、とにかくピカピカに光るバッタだったんです」

これは凄い！　と夫婦で盛り上がり、携帯電話でそのバッタを撮影した。帰宅すると年始の挨拶がてら、友人知人に画像を添付したメールを送った。

珍しいバッタだから喜んでくれるだろうと思い「新年早々縁起がいいねえ」などと語りあっていたところ、知人のKさんから返信が来た。

『この画像はちょっと良くないから、早く削除して、できればもう一度、同じ神社にお参りに行って欲しい。メールに添付するのはもっての外で、もし私以外にもこの画像を送った人が居るのなら、同様に削除を促すべき』

という内容だった。

失礼な！　随分と理不尽な事を言う！　と感じ、返信もせずに放置していたという。

正月休みが明けて、会社に出勤すると、同僚が事故に遭い入院中だという事を知った。

例の写真を送った一人であった。

「その時点では写真との関連性なんて考えてもみなかったので、後でお見舞いに行こうぐらいにしか思いませんでした」

数日後、今度はNさんの地元の親友が「大病を患い、大きな手術をしなければならなくなった」と連絡してきた。その友人にもまた、あのバッタの写真を送っていた。

新年早々良くない話が続くな、と思っていたところ、Nさんの奥さんの妹宅が火事で全焼した。

「不安を通り越して、怖くなってきてました。義妹にも写真を送っていたんです」

もしかするとあの写真のせいなのかも知れないと、忠告のメールを送ってきたKさんに連絡を取った。

「だから言ったでしょ！　早く皆に写真を削除するように伝えて！」

Kさんに電話口で激怒され、あわててそれを伝えるメールを送付した全員に送った。

「もちろん自分たちの撮った写真も削除しました。だけど、もうそれだけでは済まないだろうから、しっかりとお参りをしてくるべきだとKに言われて……」

奥さんと連れ立って、神社にお祓いを受けに向かう、その道すがら。

奥さんが突然苦しみだした。脂汗《あぶらあせ》をかきながら悶える姿に驚き、Nさんは奥さんを連れてあわてて救急病院に駆け込んだ。

「子宮外妊娠《しきゅうがいにんしん》でした。卵管《らんかん》が破裂して危険な状態だったそうです……」

奥さんの手術中、居ても立っても居られなくなったNさんは、ナースに断りを入れてから一人で神社に向かいお祓いを受けた。急いで引き返し、駆け込むように病院に飛び込んだその瞬間、したたかに転倒した。

「立ち上がろうとしたんですが、痛みで立ち上がれないんです。ちょうど足の付け根の所から力が入らないようになっていて——」

大腿骨《だいたいこつ》の頸部《けいぶ》骨折だった。

「医者からは『普通、若い男の人が転んだぐらいでこんな所骨折しないよ』って言われたんですが……」

結果、Nさんも手術を受ける事になり、夫婦そろって入院の運びとなった。

後日、Kさんに連絡を入れた。

夫婦揃って入院になった事、でもお祓いはキチンと受けた事を伝えると、電話口から怯えるような声が返ってきた。

「お祓い？　お祓いを受けたの？　私はキチンとお参りをするように言ったよね？　お祓いじゃないよ！」

言っている意味がわからず困惑していると、「わかった。そんな状態じゃ何もできないだろうから、後は私が引き受けるよ……」と言われ、電話が切れた。

N夫婦は退院後、Kさんを訪ねた。その際に今回の顛末《てんまつ》をこう話されたという。

「あのバッタは神様そのもの」

「写真なんか撮らずに帰ってくれれば何の問題も無かったはず」

「挙句、それを撮影してばら撒いた結果、言葉は悪いが祟られた形になった」

「神様が祟っているのに〝お祓い〟したんじゃ余計に怒られる」

「もう障りはないはずだから大丈夫よ」

最後にそう告げたKさんは、随分とやせ細って見えたと言う。

通学路

弘江さんは三十三歳の会社員である。

田舎の生徒数二百人程度の小規模な小学校の出身。登下校の際はそれぞれの学区ごとに決められた通学路があり、生徒たちは毎日決められた経路を辿って学校へ向かい、家へ帰ることが義務付けられていた。

小学校に入学して初登校の日。近所のお姉さんに連れられて登校した弘江さんは、通学路の途中で痙攣《けいれん》を起こして倒れ、救急車で病院に運ばれた。

「最初はてんかんだって言われて、脳波を調べたりとか色々な検査を受けさせられたんだけど……」

検査の結果はハッキリしなかった。

「少なくとも子供のてんかんの分類にはあまり当てはまらないものだったみたい、だから様子を見ましょうって事になって」

心配した両親によって、弘江さんは暫くの間、車による送り迎えでの登下校を余儀なくされた。

「みんなと一緒に学校に行きたいから、駄々をこねたりして、その度に親から嗜《たしな》められてたんだ」

一学期、夏休みと、これといって問題もなく過ごし、まあ大丈夫なんじゃないだろうかという医師と両親の判断の元、二学期から改めて徒歩通学となった、その初日の事。

「初登校の日に一緒だった近所のお姉ちゃんと一緒に歩いていたんだけど、ある場所に差し掛かったとたんに足が前に出なくなって……」

それは、前回意識を失ったのと同じ場所だった。何が何なのかわからないまま、涙だけがポロポロと零《こぼ》れ落ちるのを感じていたという。

「一緒に歩いていたお姉ちゃんは私の両親から〝何かあったら直ぐに近くの大人に知らせて〟って頼まれてたみたいで、私の様子を見て何か言った後に急いで近くの家に走って行ったの」

その間、その場に取り残された弘江さんは一人、涙を流しながら震えていた。

「自分でも今何が起こっているのかよくわからないの、ただこれ以上前に進んではダメっていうことだけが漠然とイメージできてた」

殆《ほとん》ど間を置かず、お姉ちゃんが近くの家の人を連れてきた。関係性が密な田舎である、既に連絡を受けていた弘江さんの母親も間もなくやってきて、車に乗せられると病院へ直行した。

「その場を離れたらもう何ともないの、前の時みたいに意識を失うような事もなかったし」

診察もそこそこに病院から帰ってくると、その日は学校を休み、次の日からはまた車での登校が始まった。

「それから四年生までの間、ずっと車での通学。自分でもしかたないなって思って納得してたから、今度は大人しく従ってたの」

「四年生からは歩いて通ってたの？」

私の問いに弘江さんは答える。

「うん、四年生の中ごろから」

それには以下のような経緯があった。


きっかけは当時流行《はや》っていた、いわゆる「学校の怖い話」系の本だったという。

「学校の図書室に十巻分ぐらいの〝怖い話〟の本が入って、挿絵が漫画っぽかったから人気だったんだよね、常に上級生に貸し出されてて、読みたくても読めないっていう状況で……」

ある日の昼休み、友達の一人が〝借りれた！〟と喜び勇んで例の本を持ってきた。周りの級友達と本を囲む。キャーキャー言いながら本を捲《めく》っているその傍らで、弘江さんは一体何が面白いのかわからずに戸惑っていた。確かに絵は可愛いし面白い、しかし彼らはどうやらそれを面白がっている風ではない。

「ねえ、それって何が面白いの？」

思わず訊ねると、級友の一人がこう言った。

「これはねえ、面白いっていうんじゃなくて〝怖い〟んだよ、幽霊の話だもん！」

「ああっ！　って思って」

——そのまま卒倒した。

「変な話だけど、それまで私〝怖い〟っていう感情がなかったんだよね。それであの時、初めてこういうのが〝怖い〟なんだってわかって。わかってってていうか気付いて……」

息が詰まるような衝撃だったという。

「それで、例の通学路のあの場所での何ともいえない感情の正体が〝恐怖〟なんだって自覚したの、それで、一人で行ってみたの、例の場所に」

初登校で意識を失い、二度目の登校で立ち竦《すく》んだ例の場所。通学路の途中にあるその場所は、車での登校の際には通らない道であり、それまでは何かの用事の際も意識的に避けていたという。

「その週の土曜日、まだ土曜日が半ドンだった頃だから一度車で家に帰って、近くで遊んでるからって親に言って……」

時刻は昼過ぎ、快晴の午後。

「最初はドキドキしてたんだけど、途中から足がガクガク震えてきて、でも〝これが怖いなんだ！〟っていう妙な高揚感もあって一人でその場所に向かって」

例の場所に着いたらその上空、ちょうど電柱の高さぐらいのところに、真っ白な人型のようなモノがプカプカ浮いているのが見えた。

「ほんの数秒だったと思う。でもはっきりと、エジプトのミイラみたいなのが坂道に浮いてたの。人間が細い糸でグルグル巻きにされたような……それでよせばいいのにそのミイラの浮いていた真下を――」

勢いに任せて走り抜けた。

「すごく怖いんだけど何でか嬉しいの、キャーって言いながら走って笑いながら家に帰ったのを覚えてる」

「それ以降は何もなし？」

「なし。失神も卒倒もしてないよ」

現在の彼女は実に快活な女性である。

「でも今話してみて気付いたんだけど、あのミイラの下を走り抜けるまで、それこそ小学校四年生ぐらいまでの記憶って凄く鮮明なんだけど白黒なんだよね。思い出すとさ。でも、それ以降の記憶は曖昧だけど色が付いてるの。カラフル！　不思議！」

帰りの道で

Yさんの帰り道での話。


「仕事の帰り、地元の駅の改札を抜けたところで、変な人を見かけたの」

三十代半ばぐらいの小太りの女が、駅前の道行く人に無差別にじゃれついていた。

「うわっ、何アレ！　って。凄く不気味に感じて、その場から動けなくなっちゃってさ」

女は満面に笑みを浮かべている。小太りながら機敏な動作で、行ったり来たりをしながら通行人に抱きつこうとしたり、服を引っ張ったりしていた。

「イッちゃってる人なんだろうけど、何か様子がおかしいんだよね、その女だけじゃなく周りの人たちも」

明らかに正気ではない表情で、はしゃいだ子供のような動きをする女が目の前にいるというのに、周囲の人々はそれを全く意に介さず、まるで何事もないかのように通り過ぎて行く。

「普通は驚いたり、避けようとしたりするものでしょう？　それが抱きつかれても、袖を引っぱられても皆、普通に無視してるのよ」

Yさん自身は、目の前の女に触られるのも嫌だと感じ、駅の出口のところで帰るに帰れなくなっていた。

堪えきれず、近くを通った見ず知らずの女性に声をかけた。

「あの人、なんなんでしょうね？」

当然相手もそう思っているはずだと思っていたら、女性は訝しげに「どの人？」と訊いてくる。

「あの人です、直ぐそこの広場の所で行ったり来たりしている、紺色のコートを着た人」

じゃれつく小太りの女を指差しながら言ったのだが、女性は〝お前こそ何なんだ〟という表情で首を捻《ひね》ると、足早に去って行ってしまった。

「アレ？　って思ったの。もしかして見えてないのかな？　って。でも、もしそうだとしたら周りの人たちが全然気にしないのも説明がつくじゃない？」

アレって、そういうことなんだろうか？　と思い、まじまじと眺めてみるが、どう見ても普通に肉体のある人間にしか見えない。

そもそもYさんはこれまでそういう世界とは無縁の生活を送ってきていた。幽霊はおろか金縛りにすら遭ったことがない。

「説明がつかないし、かといって知らない人に声をかけて同意を求めても、さっきと同じような対応されたら余計に怖いから」

家に電話を掛け、父親に迎えに来てもらう事にした。

駅から自宅までは車で五分足らずだ。駅の柱に身を隠すようにしながら、父親の到着を待った。

二十分程待ったところ、父親がすました顔で歩いてくる。

「遅いと思ったら、車じゃなくて歩いて迎えに来たの」

父親は、あの女がうろついている広場の端っこの方で、娘の姿を探しているようだった。

「すぐにでも飛び出して行きたかったけど、父のいる場所まで行くには女の近くを通らなきゃならないから、電話で連絡を取ろうと思って」

キョロキョロしている父親を見ながら、携帯電話をバッグから取り出そうとしていると――。

「あの女が父の方に走って行ったのが目に入って」

思わず身を乗り出したAさんと父親の目が合った。ニコニコと手を振りながら近づいてくる父親のジャケットの裾を、小太りの女がしっかりとつかんでついて来た。

「ものすごく醜い笑顔でね。もう本当に汚い、腐るような笑顔でこっちにくるのよ、父と一緒に！」

父はその女の存在には全く気付いていない。妙な女にジャケットの裾をつかまれているのに、振りほどこうともせずにYさんに向かってくる。

「こっちはもう怖いからさ、近づいて来て欲しくないの。守ってもらいたいと思って呼んだのに、これじゃ本末転倒でしょ？　何事もないような顔で、いつも通りの様子で歩いてくるから――」

無性に腹が立った。

「女にもそうだけど、なによりも父に！」

女を引き連れて目の前に来た父親が、何か喋ろうとした瞬間――。

「ぶん殴ってたのよね、父を」

顔を押さえてうずくまる父を前に、Aさんは慌てた。

「いやいや、違うよねって。守ってもらいたくて呼んだのに何で殴ってるわけ？　って」

自分のした行動に何の言い訳もできない。

「さっきまで、もの凄く腹立たしかったはずなんだけど。その腹立たしさだけどっかにいっちゃって。説明できなくて……」

父親は鼻骨骨折、Aさんも右の手の骨にヒビが入った。

「不思議な事に、殴った瞬間にあの女の存在を忘れたんだよね。父を殴るなんて、何でこんな事になったんだろうって病院の帰り道に考えて、それでようやく思い出したの。わけわかんないよね」

何よりもわけがわからないのは殴られた父親だと思う、とAさんに告げると、

「本当にそう。しばらく父とは険悪な感じになっちゃったし――。多分、あれは妖怪かなんかだと思うんだよね、人を殴らせる妖怪。そういう話知らない？」

知らない、と答えた。

タニシ

加藤は小学校の帰り道、田んぼの中に居るタニシを捕まえアスファルトの道路に思い切り叩きつけるのが好きだった。

カシャンカシャンと簡単に殻《から》が割れ、中からタニシの内容がベロリと飛び出す。

まってましたとばかりにカラスがそれをついばむ。

農家のおじさんは加藤のその行動を褒めることはあっても、怒ることはなかった。

タニシは殺しても殺しても居なくならない。

もう一匹捕まえると「それっ！」と道路に投げつけた。

カシャン！　と殻が割れ、中から小さな人間のようなものが飛び出た。

それは起き上がると田んぼに向かって走っていく。

「え⁉」

と思ったその刹那。カラスがそれをくわえると夕焼けの空に向かって飛び去った。

鼓動

Sさんの実家は古い地主の家系である。現在は普通の農家であるとの事だが、家構えは大きく、庭には蔵がある。

「うちの爺さんは子供の頃に『若子様』なんて呼ばれてたらしいけど、普通の爺さんだった。婆さんは『農地改革さえなけりゃ』っていうのが口癖の、これまた普通の婆さん。二人とも、もう死んでるけどね」


S家は元々かなりの土地持ちであり羽振りも良かったことから、戦前は様々な人間が出入りしていたという。

「旅の行商人とか芸人とか坊さんとか、そういう人たちが訪ねてきては一日二日ぐらい泊まっていくんだと」

そのように人々の出入りが多かったため、S家には村の外の様々な情報や物が集まった。

「戦後の混乱期に多くが無くなったみたいだけど、掛け軸とか焼き物とかそういうコレクションがかなりの数あったって話だ」

S爺さんはお宝を鑑定する某番組を見ては〝こういうの、昔うちの蔵にあった〟と冗談交じりに言っていたそうだ。もっともSさんが物心付く頃には〝お宝〟と呼べるような値打ちものは全くと言っていいほど失われていた。

「鍬《くわ》だの鋤《すき》だの古い農機具はあったけど、立派なものは何にも無かったね」


このS家の蔵の奥の方に、農機具に混じって妙な風貌の太鼓が一つあったという。

「変なヒラヒラした飾りの付いた、和太鼓っていうよりもどっか南の島とかにありそうな形の太鼓。ガッシリした作りとはちょっと違って、ボロいっつーか華奢っつーか、力強く叩くと壊れてしまいそうな感じで。まあ古いものではあったんだと思う」

太鼓は蔵の奥の方にしまわれており、年に一回、爺さんが蔵から出して一回だけ太鼓を叩くという『儀式』があった。

「春先の風の強い日じゃないとダメだったらしい。爺さんが庭に太鼓を出して興味なさげに一回だけ叩く、叩くと直ぐしまう」

太鼓は「トプン」というような不思議な音がしたという。

「そうは言っても、子供の頃はその〝儀式〟を見ちゃダメって言われてたんだよね。遠巻きにでも見ていいって事になったのは、俺が高校に上がってからぐらいで。それ以前は、爺さんと親父以外の家族は、台所とかで全員耳を塞いでたんだ」

女子供は、この太鼓の音を聞くことを禁じられていたのだそうだ。

「何らかの由来はあったんだろうね、でもその時点では〝女子供は聞いちゃダメ〟〝太鼓は年に一回だけ叩く〟っていう事以外は爺さんも詳しいことは話さなかった」

盆の墓参りや、正月飾りなどと同じように一般的な時候の儀式としてS家に定着していた〝春先の太鼓叩き〟にSさんが疑問を持つようなことはなかった。

「そういうもんだと思ってたからね」

高校を卒業し、大学に進学するため故郷を離れる事になったSさんは、高校三年の長い春休み中、何の気なしに蔵に入った。

「もう多分この辺で暮らすことはないんだろうなっていう思いもあって、家の近所をうろついたりしてたんだよ。その一環で蔵に入ったんだ」

蔵の中を探索すると、奥の方に、例の太鼓が無造作に置いてある。

「別に綺麗に保存しとくとか、そういう意思はなかったんだと思う。元々が小汚い太鼓だったし。ただ、その時は『この太鼓ともオサラバだな』っていう、ホントに無意味に感傷的な気分で」

　バチを取って太鼓の前に立つ。

「別に〝叩くな〟って釘を刺されてたわけじゃなかったし、蔵の中だから外には音は聞こえないだろって思って」

　バチで軽く太鼓を叩いた。

〝トプン〟という変わった音。

「沼とかの水溜りに大きな石を放り投げたみたいなそんな音だった」

もう一度、叩く。

トプン。

もう一度、もう一度。

トプン、トプン、トプン、トプン――。

「気が付いたら日暮れだった。自分で叩いてみると面白い音だなって夢中になって」

　その晩の事。

「眠れないんだよね、あの太鼓の音が耳から離れなくて」

眠ろうとして目を瞑っても、耳の奥の方であの太鼓の水っぽい音が聞こえる。

「仕方がないから起きてテレビを見ていた。別に休みだし、昼間に寝ればいいやって」

日が昇る頃には、他の雑多な生活音に掻き消されるように太鼓の音は消えた。

しかし、次の晩もその次の晩も眠ろうとすると太鼓の音が耳の奥で聞こえ、眠れない。

「これ、思ってたよりヤバイんじゃないかって。爺さんに相談したんだ」

蔵で何度も太鼓を叩いた事を白状し、真剣に相談したSさんに対し、爺さんは「気のせいだろう」と自分が服用している睡眠薬を一錠くれた。

「何か曰《いわ》くがあるのかと思ってたら、そんな様子もなかったんで」

貰った薬を飲むと、床に就いた。


夜中、例の太鼓の音で目が覚めた。一応、数時間は眠っていたらしい。

「トプン、トプンって音が、ずっと聞こえてて……」

太鼓の音は、そのリズムを少しずつ早めているようだ。

——突然、ある思考が頭をよぎる。

「これ、心臓の音じゃないの？　って気付いたんだよね」

さっきまで太鼓の音だとしか思っていなかった音が、急にその意味を変えた。

「自分の心臓の音ってさ、自分が死ぬまで止まらないんだよね……。っていうことはこのうっとうしい音を俺はこの先ずっと気にし続けなきゃならないんじゃないの？　って」

廻る思考に比例してトプントプンという音が速度を速めて鳴り続けている。

「気付かなきゃいいことに気付いてしまったなって……、心臓の弁とかさ、よく知らないけど、そういう部分が今もピクピク動いているんだろうなっていう想像が止まらないんだよね」

全く自明の事として受け入れていたものが、急に受け入れ難いものになる。

「すげえ気持ち悪いよ。自分の事なのにさっぱりコントロールできないんだもん、止められないいんだもん！」

翌朝まで眠れず、自室をウロウロしながら過ごした。

朝になると、例の鼓動は次第に気にならなくなっていった。

祖父にもう一度相談した。

「〝飲まれるなよ、別に死ぬわけじゃないんだから〟って言われて……、まるでその状況を知っているような口ぶりだったから――」

――あの太鼓なんなの？　あれにやられたんだと思うんだけど！

「何かのまじないに使われてたらしいって。それ以外は本当になんも知らないんだって、そう言われたよ」

「今でもすげえ違和感あるよね、自分の心臓」とSさんは言った。

ラーメン屋

江田さんがそのラーメン屋に入ったのは、十八時を少し回った頃だった。

その日は出先での交渉が長引き、昼食を抜いていたため酷く空腹であったという。

「まあなんてことのない普通のラーメン屋でね。俺も何でもいいから早くかっ込みたい気分だったから店なんて選ばずに入ったんだけど、何か様子がおかしい店でね」

店主らしき男はカウンターに囲まれた厨房に立っている。しかしそのカウンターは妙に薄暗く、腰掛けるのはどことなくためらわれた。

反対に、カウンターから離れた座敷席は蛍光灯が煌々と照っていたため、江田さんは座敷に腰掛けメニューを見た。

客は彼一人。

「全部のメニューの頭に〝激辛〟って付いてるんだよね。激辛味噌ぐらいならわかるけど、激辛醤油とか、激辛塩とか、普通はまあ考えられないよね」

激辛以外のメニューはないのかと聞くとギョーザとチャーハンは普通だという。ラーメンは激辛しかないので、辛いのがダメならラーメンは注文しないほうがいいと言われた。

「そもそも腹が減りすぎてたから、ギョーザとチャーハンだけだと味気ない気がしてさ。まあ試しに食ってみるかと思って……」

激辛味噌ラーメンとギョーザ、チャーハンを注文した。

激辛と言ったところで食えないレベルのものが出てくるわけではないだろう、最低限の限度を守った品が出てくることを期待した。

「完全に裏切られたよね、もう辛すぎて食えないんだよ。スープなんて真っ赤通り越してドロドロしてたもん、口に入れたそばから汗が噴き出して……」

ギョーザとチャーハンで誤魔化しながら激辛味噌を少しずつ攻略していく。セルフサービスの水を何往復も汲みに行ったという。

やがてギョーザが尽き、チャーハンが尽きた。

「これ、単品では食えないなと思って、もう残してしまおうと席を立ちかけたら——」

——辛いのはダメな方ですか？

店主とは別の、恐らく従業員と思われる初老の男が話しかけてきた。

何度も水を汲みに行く江田さんを見かねてか、右手にもったピッチャーからコップに水を注いでくれた。

「ダメじゃないですけど、限度ってありますよね?」

ふざけたものを食わされたという思いからか、知らず知らず刺々しい声が出てしまう。

店のユニフォームと思われる赤いトレーナーを着たその初老の男は、苦笑いしながら江田さんに近づくと後ろに立った。

左手で触れるか触れないかという加減で江田さんの背中をさすりながら、何処の国ともわからない言葉を口の中で唱えている。そしてあっけにとられている江田さんに、

「おまじないをかけましたから、どうぞ食べてみて下さい」

と言った。

「なんだそりゃって思ったけどね、まだ半分は残ってたから食ってみた」

完全に味が変わっていた。さっきまでのただただ辛いだけのラーメンから、そこそこ美味いと言えるレベルのものに一瞬で様変わりしている。

「いや、驚いたよね。それで、これがこの店のサービスっていうか、営業努力みたいなものなんじゃないかと興味が湧いた。激辛のラーメンの味が途中で変わるっていうのは確か

に面白いなと思ったんだ」

ただ､どうして味が変わったのかはわからない。教えて欲しいと初老の男に訊ねても「いやあ」と、はぐらかされるばかり。

「まあ、でも腹は減ってたからね、完食したんだ。見た目までは変わってなかったから流石にスープは残したけど」

〝面白い店だな〟と、奇妙な満足感を得て車に乗り込んだ。

暫く運転すると刺し込むような腹痛と便意を催し、途中のコンビニに駆け込む事になった。

「ケツの穴がヒリヒリしたよ。食ったものが消化されないでそのまま出てくる感じで、辛味の成分がケツの穴に染みるんだ」

江田さんはしばらくトイレに居座り続けて思った。

「やっぱり、辛いものを食った事に違いはないんだなって……」

数週間後、後輩を連れてのルート営業の帰り、例のラーメン屋に寄った。

「騙して食わしてやろうと思って」

同じく十八時を回った時間帯、店には結構な客が入っていた。

「普通のラーメン屋なんだよ。店の内装もそのままなんだけど、メニューだけ違ってて」

どこにも〝激辛〟とは書いておらず、至って普通の内容のメニューが羅列されていた。

厨房の中に居る男も、フロアで忙しく動いている従業員もあの日の男ではなかった。

「あれ？　って思って、カウンターから厨房の男に話しかけたら『違う店じゃないですか？』って言うわけ。確かに俺も、あの時の怪しい雰囲気の店とは違うと思って……」

困惑した。

「だけどどう考えても調べてもその店で間違いないんだよな、その後も何回か行ったけど、やっぱり激辛なんてメニューはどこにもなかった」

イタズラの類にしては大掛かりすぎる。確かに不思議な話だと思った。

江田さんは言う。

「仮にこれが、本当に不思議な現象だったとして、俺に激辛ラーメン食わせてどうしたかったんだろうか……」

私は笑ったが、江田さんは本当に怖がっていた。

浮くもの

「アンタさあ、そんな話ばっかり集めてると本当に見るぞ？　やめとけ」

怖い話があるからと知人に誘われ、一席を設けた夜だった。私を誘った当の本人の話はネット上で流布する既に有名な話であり、がっかりしていたところ、席を共にした知人の知人が私にそう言った。

「見られるものなら見たいんですよ、こんだけ好きなんですから。でも見られた試しは一度もないですね」

そう言うと、少しムッとしたような顔をした彼は「俺は見たことあるけどね、あんなもんは本当は見ちゃいけねえと思うよ」と言う。

思いもよらない僥倖《ぎょうこう》、今夜の席も無駄にはならなかったと、勇んで彼に話を促す。

彼は不機嫌そうな顔をして話し出した。

「俺の家の座敷で死んだ婆さんが出たんだよ、俺の目の前で、青白い顔して……」

彼の話をまとめるとこうだ。

彼（仮にOさんとする）は、実家である一軒家に一人暮らし。両親は健在だが、他にアパートを借りて生活している。老いた夫婦には一軒家は広すぎ、光熱費や生活の便などを考えると街の中心部に住んだ方が楽であるとの事で、元々Oさんが暮らしていたアパートと実家の住居を交換したのだそうだ。

仕事を終えては帰って寝るというだけの暮らし。独り身のOさんにとっても、その家は広すぎた。

ろくに掃除もしないまま、ある日の夜、家に帰ると座敷に自身の祖母が浮いていたという。

「それだけ？」

「それだけだよ、アンタは見たことねえからそんなのんきな事を言ってられんだ、それだけであっても本当に怖ぇぞ、想像しろ」

本当はもっと因縁めいたドロドロした話を集めたいのだが、そういった話は滅多に無く、あったとしても〝公表は控えるように〟と念を押される事が殆《ほと》んどだ。

実際はこのOさんのような〝話にもならない話〟が圧倒的に多く、聞き手としては期待していた分、疲弊する。それでも何とか形にしたいと根堀葉堀、話を促す。

「目の前に浮いてるんだよ、毎日毎日出るから時間計ったら、午後の八時から十五分間きっかりだ。俺が帰ってくるのがそのぐらいだから丁度鉢合わせになってた」

どうしてこんな事が起きているのかわからない。自宅を掃除もせずに放置していたのが悪かったのかも知れないと、仏壇や神棚はもちろん家中を綺麗にしても駄目。お墓を直したりお供え物を毎日変えたりしたりもしたが、効果はなし。

「うっすらと青白い顔して浮いてるんだ。ちょうど〝うらめしや〟のポーズしてるから出来すぎだなとも思ったんだが、病院で死んだ時の格好なんだよなソレ。二ヶ月近くベッドの上で意識不明だったから関節が固まってしまって、ちょうどそういうポーズになってたから。顔は無表情で、何か苦しそうでな」

見間違いなどではなく、確実に見えている。自分の頭がおかしくなったのかも知れないと思い仕方なく両親に相談した。幽霊の前に両親を連れて行ったが、彼らには見えなかった。

「最初は心療内科に連れて行かれたよ。その次は紹介状貰って精神科。俺は仕事も普通に続けてたし医者の話に納得できなかったから、何院か別の病院も回った。全部の病院で違った事を言われてな。様子を見ろだの薬を飲めだの入院しろだの、何が本当なんだかもわからない」

わらにもすがる思いで檀家であった寺に相談したところ――――。

「うちの宗派では幽霊の存在は否定されていますって言われたよ。じゃあどうすりゃいいんだよってなるよな」

両親のつてで地元に居る霊媒師を探したが、対応に出た家族から認知症が進んでいるために廃業したと断られた。

「自分の目に見えている事だからそれは間違いないと信じられる。でも俺の持っている常識はそんなものはあり得ないというものだった。当然周りもそう、寺の坊主にしてもそう。じゃあ、こんな場合どうすればいいの？　俺は婆さんが可哀想でさ……」

最早《もはや》恐怖ではなく、目の前に亡くなった時の姿のまま現れてくる自身の祖母が哀れでならなかったという。

「葬儀も挙げて、立派な戒名も貰って、墓も直して、そんでも成仏できてねえんだったらもう打つ手もねえよ……」

Oさんは仕方なく実家を更地に戻した。

「疲れたんだよな、もう見たくもなかったし」

以来、祖母の幽霊を見ることはないが、ずっと心にわだかまっているのだと語った。

「これ、発表してもいいですか?」

「〝見て〟もいいならいいんじゃねえの。それがアンタの持っている常識なら対応してみれば」

と、いうわけで、こういうわけで。

おしっこ

佐藤さんがまだ二十代の初めだった頃。旦那を家に置いて、実家に日帰り帰省した時の話。

二人の幼い息子を伴い、実家を後にしたのは午後九時を過ぎてのことだった。

古い外灯が心細く周囲を照らしているだけの田園地帯を、車で進む。子供たちは遊び疲れたのか、後部座席で静かに寝息を立てていた。

「長居するつもりはなかったんだけど、両親についつい甘えちゃって、一日中ゴロゴロと寝たり起きたりしてたから目は冴えてた」

暗く、寂しい道ではあったが、帰省のたびに何度も通っているルートである。佐藤さんはラジオを聴きながら鼻歌混じりに夜の田舎道を進んでいった。

四十分も走った頃、子供達が座る後部座席から「おしっこ」と言う声が聞こえた。

「もう少しでバイパスに入っちゃうし、当時は今と違って色んな所にコンビニなんてないからね」

田舎道を走っている間に用を済ませようと考え、路肩に車を停めると長男に声をかけた。長男は眠い目をこすりながら頷き、弟の手を引いて車外に出ると車を車道との衝立《ついたて》代わりにしながら放尿し始める。

サイドミラーからぼんやりとその様子を見ていた佐藤さんは、一気に背筋が冷えるのを感じたという。

「息子たちがオシッコしている向かいの藪《やぶ》に女が立ってたの、髪の長い女。まさかこんな時間にそんな場所に立ってるなんて思わないじゃない、最初は全然気がつかなくって……」

思わず車を飛び出て息子たちに駆け寄った。ちょうど用を足し終えた二人は女には気づいていないようだ。

「勢いで駆け寄りはしたけど私だって怖いからね、声をかけるどころか顔も向けずに『気づかないフリ』をしたまま車に戻ったの」

後部座席に子供を押し込むと、アクセルを強く踏み込んだ。

「てっきり変質者か何かだと思って。姿形もハッキリ見えたしね……」

俯《うつむ》くように顔を下に向け、長い髪を足らした華奢な女、ジーンズに黄色いトレーナーという部屋着のような格好……。

運転しながら先ほどの状況を反芻《はんすう》していると、不意に違和感を覚えた。

「暗い田舎道だからさ、見えないんだよね普通。何であんなに女の姿がハッキリ見えたんだろうって、不思議に思えてね……」

そんな事を考えながらも、何事もなくやり過ごせた事に安堵し、子供の様子を見ようと何の気なしに振り返ろうとしたその途中——。

「助手席にね、居たの。さっきの女。」

黄色いトレーナーにジーンズ姿、下を向き俯くその表情は、湿ったような長い髪に隠されて見えない。

「本当だったら大声で叫んで怖がるよね。もし旦那が一緒だったら、きっとそうしてたと思う」

しかし佐藤さんは叫ぶこともなく、取り乱す事もなく、運転を続けたという。

「取り乱さなかったってだけで、冷静だったわけじゃないと思う。ただ、叫んだり、車を停めたりしても、解決できるような状況ではないって事だけはずっと思ってた」

何より、後部座席には子供達が乗っている。

「出方が完全におかしいわけじゃない？　突然隣に座ってたんだから。生身の人間じゃないなって」

念仏など唱えられるほど詳しくなく、かといって物理的にどうこうできる相手とも思えなかった。

佐藤さんにできる事といえば、先ほどと同じように無視を決め込む事だけ。

「むしろ『気づかれちゃダメ』っていう気持ちが強かった。隣に座られてるのに何だって思うかも知れないけど『こっちが気付いていることを相手に知られちゃマズい』っていうね、そういう危機意識があったの」

後ろで眠っている二人の子供を気にしつつも、佐藤さんは何事もないかのように運転を続けた。すると――

「おしっこ」

その声は隣の女から発せられたようだ。子供のものではない。

「痰《たん》が絡んだような声で……『おしっこ』の『っこ』って発音が気持ち悪くって……」

聞こえないフリをし、尚も運転を続ける。隣の女は時々思い出したように「おしっこ」と呟く。

「もう夢なのか何なのか、だんだんわからなくなって来るのね。感覚が麻痺したようになって……」

大きいバイパスが見え、街の明かりが近づいて来た頃、女はいつの間にか消えていた。

「でもね――」

後日、佐藤さんの車には発情期のオス猫が残すような強烈な尿臭が残っていたという。

神隠し

Kさんが小学生の時の事。

学校の門を出て目の前の坂を一人で下って行った先に、面白いものが見えた。

「連凧《れんだこ》だよ、凧が長く繋がってるヤツ、それを空に飛ばして、眺めてるオッサンがいるの」

わあ、と興奮し、そのオッサンの元に駆け寄ると、ニコニコしながらKさんを迎えてくれた。足元には木製の工具箱のようなものがあり、中に様々な道具が入っているのが見えた。

「これオンちゃん（おじさんの意）が作ったの？」

と訊ねると、ニコニコと笑いながら頷いた。すげーすげーと興奮しながら、せっかくなので友達も呼んで来ようと駆け出した瞬間、グッと肩をつかまれ転倒してしまった。

なんだよと思いオッサンの方を見ると、手を合わせながら謝るような仕草をする。

「あのテレビのさあ、ノッポさんって居たじゃん、ああいう感じ。凧とか飛ばしてるし、こういう仕事する人ってこんな感じなのかなと思ってさ」

臀部《でんぶ》をさすりながらオッサンを咎《とが》めようとすると、ひょいっと目の前に小さな竹の筒を出された。

「なにこれ?」

というと、オッサンはその竹の筒の先端に小さな松の実を詰め、逆から針金のようなものを突っ込んで勢い良く押し出すようにした。

――ピッ!

と音がして竹筒の先から松の実が飛んで行った。

「もう少しでかい筒で新聞紙を詰めて飛ばすやつは見たことあったけど、こんな細い筒で松の実を飛ばすようなのは見たことがなかったからビックリした」

羨ましそうにそれを見ていたKさんに、オッサンはその筒を手渡すと、両の手のひらをKさんに向け「やるよ」という仕草をした。

「いやあ、ガキだったたからね、嬉しくってオッサンから貰った松の実を詰めてピンピンピンピン飛ばしてたんだよ」

連凧の下、オッサンは竹とんぼや紙風船など、一昔前の子供のおもちゃを出してはKさんにくれたという。

「でもやっぱり何より、あの松の実鉄砲が一番面白くってさ、ずっとやってたんだよ」

夕暮れの迫る時間帯、連佩の元で松の実を飛ばし続けていたKさんは、もう飛ばす実が無い事に気付きオッサンの方を見た。

「そしたらさ、オッサンが近所の雑木林の方を指差したまま突っ立ってんの、ちょうど夕日が逆行で、まるで真っ黒い人形が立ってるような、無機質な感じで」

いつの間にか連佩はしまわれていた。辺りは夕暮れ時で、他に人の気配もない。

急にゾッとするような感覚に襲われたKさんは、オッサンに対する礼もそこそこに、逃げるようにその場を立ち去った。

「竹とんぼとかそういうのはアソコに置いて来たんだけど、松の実の鉄砲はちゃっかり貰って来てた。でも飛ばすものがないから、机の引き出しにしまってたんだけど」

数日して下校時、オッサンが居た辺りを通りかかった時、彼が指差していた雑木林が目に入った。

――もしかしてあの時オッサンは、あそこに松の実があるよって意味で指差してたのかも知れない。

居ても立っても居られなくなり、雑木林に走りこんだKさんは、夢中で松の木を探した。

その日の深夜、Kさんは市内の山深い場所で松茸取りの老人に保護され、家に帰った。

「全然、記憶がないの、ないっつーかあるんだけど俺はあの雑木林の中で松の木を探してただけで、そんな遠くに行った覚えなんてなかった」

松茸取りの老人は、自分の山で松茸を密漁する人間を警戒するため、その時期はずっと山に居て、Kさんを見つけた。そのため最初は松茸泥棒と勘違いされこっぴどく怒鳴《どな》られたそうだ。

「親には、ちゃんと本当の事を話したんだけど〝松の実なんかあるわけねえだろ、あそこは杉林だぞ〟って。嘘ついてると思ったんだろうね」

机の引き出しに入れたはずの例の松の実鉄砲は、その後、いくら探しても見つからなかった。

心霊写真

奈美さんに高校時代の旧友から電話が来たのは一昨年の事。

卒業以来ほぼ十年。年賀状だけの間柄になって久しい彼女からの電話に、不信感を覚えたという。

「当時は私もそうだったんだけど、何ていうか……性質の悪いオタクっていうか、オカルトマニアっていうか、魔方陣とかを書いちゃうタイプの女子高生だったから」

随分前に共通の知人から、電話の彼女が引き篭《こ》もりのような生活をしているらしいという話も聞いていた。

奈美さん自身は、今では完全に足を洗い、当時を思い出しては夜中に叫びだしたくなるような衝動に駆られるそうだ。

「それでその電話の内容なんだけど、昔の写真を整理してたら心霊写真っぽいものを見つけたって言うのね、それで私も同じものを持っているハズだから探して確認して欲しいって……」

　十年ぶりに言葉を交わした相手への話がそれかと閉口した。馬鹿馬鹿しいとは思いつつ、今後、同級会などで会った時に気まずくなるのも嫌なので一応は同意し、後日連絡を入れると約束した。

「高校の、文化祭の時のもので。私と彼女と、当時仲の良かった数人がコスプレみたいな格好で並んでいる写真だからって」

　次の休日に、二駅隣の実家に赴くと、当時のアルバムを探した。首尾よく見つかったそれを捲り、問題の写真と思われる一枚を探し当てた。

「いくらなんでもそんな格好をしている写真なんて何枚もないから、これだろうっていうのは直ぐに見つかったんだけど……」

　何の変哲もない普通の集合写真だった。

「何か他に相談したい事でもあって、その話題にかこつけて連絡を取ってきたのかもなって思ったの。連絡するって約束もしてたし、その日のうちに電話を入れたんだ」

　電話に出た彼女に〝なんてことはない普通の写真だったけど……〟と話すと、予想に反して強い口調で「そんなハズない！　どうせ探してないいんでしょ！　適当な事言って！」

と返ってきた。

電話口でなじられているうちにその剣幕に気圧《けお》されてしまい、つい、いい訳じみた弁明をしてしまった。

「もしかしたら言われたのと別な写真なのかも知れないから、できるならば携帯電話か何かで撮影したものを送って欲しいって言っちゃったんだ、本当はもう関わりたくなかったんだけど……」

年賀状にメールアドレスが書いてあるからそこに送って欲しいと伝えると、無言のまま電話は切れた。

年賀状にはパソコン用と携帯用の二つのメールアドレスを記載していた。

「てっきり携帯の方に送られてくると思ってたんだけど」

写真はパソコンのアドレス宛に送られて来ていた。

わざわざスキャナでスキャンしたと思われる、高解像度のハッキリとした写真。

だが、奇妙だった。

中心に映る例の彼女の顔の部分だけが、体に対して異常に小さくなっている。

「顔が体に対して十五頭身ぐらいの比率になってるの、添付ファイルを開いたとたんにその部分だけがアップで表示されたからすぐにわかった。でも、それよりも――」

写真は、やはり奈美さんが探し当てたものと同じだった。

しかし彼女の持っている写真は普通の集合写真、彼女の頭身も六頭身程だ。

レタッチソフトで画像を加工したのだろうと思うようにした。

「そうとでも思わないと怖すぎて……加工したものだと思って見てすら寒気が出るような写真だったから」

電話ではなく、メールで返信を返した。

「こういう写真はありませんでした。ごめんなさいって」

それに対する返事はなかった。


昨年、地元の新聞の訃報欄に彼女の名前が載った。

「本当ならお通夜なり葬儀なりに顔を出したほうが良かったんだろうけど……」

奈美さんは弔問には訪れなかった。

当時の友人達も一様に弔問を控えたようだった。

なぜなら――

「その年の年賀状に、例の写真が使われてたの。『明けましておめでとう〝この中にウソツキがいます』って書いてあった。これまで年賀状なんて出した事もなかったクラスメイトにまで出してたみたい」

年賀状はもちろんのこと、送られてきた画像データ、自分が持っていた写真に至るまで全て処分したという。

墓の後ろ

新田君が中学一年生だった頃の話。

夏が終わり、残暑も和らいできた九月の半ば、通学路の途中でエロ本を拾った。

今とは違い、インターネット等で容易にエロ画像を得ることなどできなかった平成六年。道に落ちているエロ本は中学生にとって貴重なエロアイテムであった。

「うちは三人兄弟で、当時は一つの部屋を三人で区切って使ってたから、エロ本を家に持って帰るのは危険だと思ったんだ。絶対に兄貴か弟に見つかるだろうって」

どこか人があまり来ない場所に隠すしかない。そう考えた新田君は、エロ本を着ていた服の下に潜ませ、家から徒歩十分程の距離にある雑木林に向かった。

「ちょうど住宅外の外れにあった雑木林でさ、小さな獣道みたいな通路があって急ぐ時なんかは近道として使ったりしてたんだよね」

その雑木林の中に、五つのお墓が立っていた。お墓と言っても一般的な墓地にあるような、立派に磨き上げられ加工された石を組み上げたものではなく、自然石を倒れないように組んだだけの古びたお墓だった。

「よく見る緑色の花立て？　っていうのかな、あの筒が地面に刺さったりしてたから、だれかそれなりに管理している人は居たんだと思う。でもそうそう毎日手を合わせに来たりはしないだろうし、何よりも、わざわざ獣道から外れて、そのお墓のところまで足を伸ばす通行人はいないだろうと思って」

五つ並んでいるうちの丁度真ん中、一番大きな石が立っているそれの後ろにエロ本を隠した。

「絶対にバレないだろうと。更に都合の良い事にその墓石の後ろに座っている限り、仮に誰かが獣道を通りかかったとしても死角になってて見えないんだ。つまりそこであればエロ本を隠しつつ、誰に気兼《きが》ねすることなくエロ本を読めると、そう考えた」

それから、新田君は足しげくその雑木林に通い、墓石の後ろに陣取ってはエロ本を読みふけった。安住のエロスポットを確保した彼は、次々にエロ本を拾って来ては墓石の後ろに貯え、気持ちが催せば、早朝だろうと日没後だろうと構うことなく、リビドーの赴くまま駆けつけた。

「古いお墓だったから、もう遺跡か何かみたいに思ってたんだ、新しいお墓だったら流石に気味悪かっただろうけどね。それに墓石の後ろのスペースは、ちょっと窪《くぼ》んだようになってて、落ち葉なんかがそこに溜まっててね、フカフカしてて天然のベッドみたいでさ、長時間座ってても疲れなくって」

憑《つ》かれたように墓場に通い、充実したエロ本ライフを過ごしていた新田君に、ある日異変が生じた。

「腫《は》れたんだ……」

彼のイチモツは、日々の酷使に耐えかねたのか赤く、熱を持ってしまった。

「それだけだったらまだいいんだけど、ションベンする時に物凄く痛むんだ。沁みるっていうのとも違ってて、尿道の中の方が荒れてるような、刺しこむみたいな痛みで……」

彼の弁では、それでも清潔には気を使っていたのだという。バイキンが付いてはヤバイという程度の認識は持っていたと語った。

しかし、まだ未熟な中学一年生、どうしても親には言い出せなかった。恥ずかしさと、何でこんなことになったのかの説明を求められた時に、何と答えるべきか思いつかなかったという理由で、彼はそれから一週間程、耐えたという。

「ションベンすると痛むから、極力水分を取らないようにしたりとか、自分なりに思いついた対処をしてたんだけど」

とうとう、こらえきれなくなった。

家で唯一の自分だけのスペース。二段ベッドの上階にて、彼はその日、自分のイチモツを観察していた。赤く熱を持ったそれは、十分に腫れあがっており、数日前からは体温も微熱が続いていたと言う。

「ヤバイなって、怖くなってね。どうなっているのかしっかり観察して、ヤバそうだったら親に話をしようと覚悟を決めてた」

恐る恐る触り、観察していると、サオの裏側を触ったときに嫌な感触があった。

「ヌルっとしてて、なんか少し窪んでいるみたいな感触だった」

〝腐ってきている！〟直感的にそう感じたという。

鏡を用意すると、半泣きでその辺りを映し出した。

「腐ってたらどうしようって、恐る恐る……」

鏡に映ったその場所には〝目〟があったという。

「一つだけだったけど、確実に誰かの目だった……その目が鏡越しに――」

ギョロっと新田君をにらみ付けた。

「ぎゃああああああああああああ」

家中に響き渡る声で叫んだ。

彼の両親は股間を押さえて泣き叫ぶ息子を、そのまま救急病院へ搬送した。

腫れの原因は、感染性のものだった。

しかしそれよりも水分の摂取を控えていたことによる脱水が酷く、彼はそのまま二週間ほど入院した。

その間、何度か確認をしたが〝目〟は跡形もなく消えていたという。

新田君は更にこう続けた。

「これは、暫《しばら》く経ってから気づいたことなんだけど……墓石の裏側がフカフカしてたって言ったでしょ？」

少し窪んでいてフカフカしてベッドのようだったと確かに言っていた。

「あれってさ、つまり土葬で埋めた部分が、沈下して窪みになってたんじゃないかと思うんだ。その上に葉っぱやなんかが積もって、腐葉土の層ができてたからフカフカしてたんじゃないかって……」

　すると、つまり――

「うん、誰かの死体の上でエロ本を読んでた事になるよね……そうとは気づかず」

〝墓穴の上で墓穴を掘ったんだ〟と彼は呟いた。

腹パンパン

「近所では有名なアル中でね」

専門学校生のRは、笑いをかみ殺しながら話を始めた。

「昼間っから酔っ払って叫んで回って、警察の厄介になるってのがお決まりのパターンでさ。子供だった俺らも、遠巻きにその様子を見ては爆笑してたわけ」

男が住んでいたのは畑の真ん中にある納屋のような場所。少し歩いたところに実家があり、無心した金で酒を買って飲んだくれる。

「学年があがるにつれ俺らも体力がついてきて。なかには大人と同じぐらいの身長のやつもいたから、態度もでかくなってきててさ」

六年生にもなると、男を見かけるたびに、皆で石を投げたり罵声を浴びせたりする〝遊び〟をしていたという。

「そうするとあいつ、怒って追いかけてくるんだよね。俺らも本気で逃げるんだけど、相手も本気。怒り狂って追いかけてくるから、捕まったら何をされるかわからないっていうね、スリル満点の遊びだった」

酔っ払っていようがシラフだろうが関係なく、男を見かければそうやって囃《はや》し立て、逃げ回っていた。

「その日も、学校帰りに見かけたもんでね。チャリンコ押しながら、トボトボと貧乏臭く歩いてんだわコレが。だからさ『ヨッパこら！　昼間っからサイクリングしてんじゃねぇよ！』っていうような事を叫んだの」

男はR達をチラリと見ると、無視して再び歩き出した。

「なんか小馬鹿にされたみたいで腹立ったからさ」

道端に生えているフキを引っこ抜くと、小さい小石を包み込むように丸め、側溝を流れる下水に浸した。

「近くまで助走つけて走って、それを投げつけるわけだ、投げたら逃げる」

ヒットアンドアウェイだよな、とRは笑う。

「それでも無反応でさ、まあこんな日もあるかと思って、そこまでにしたんだ」

その後は日暮れまで仲間と遊び回り、十九時を過ぎた頃に帰宅した。

「晩飯食ってたら、なんか外がうるせえんだよ。何だと思って窓際まで行って聞き耳立てたら、ピンときた。こりゃヨッパが上げる声だって。また酒飲んで叫んでるんだなと」

どうやらRの両親もそれに気付いたようで、父親が「様子を見てくる」と言い、外に出て行った。

「まあ、せっかくのイベントだから俺も付いて行くわな」

外には男の叫び声を聞きつけたご近所さんたちが勢ぞろいしていた。

その時点ではもう叫び声は聞こえなくなっていたが、Rの父親を含め数人が、男の家まで行って声がけをしてくるという。

「また警察がくるんじゃないかと思って待ってたら」

来たのは救急車だった。

「死んでたんだよね。親父たちが行った時には、もう息してなかったって」

翌日のクラスはその話でもちきりだった。

「一応、俺が一番近所だったからそん時の様子を話してね、ちょっとしたヒーロー気分だったよ。寂しくなったなぁなんて心にもない事を言ったりして」

平穏な日々が始まるかと思いきや、事態は急展開を遂げた。

「歩いてたんだよ！　アイツ、ヨッパ！　死んだハズなのに」

男の葬儀が終わって暫くたった頃だった。R達がいつものごとく下校していると、田んぼを挟んだ向こうの道を例の男が歩いているのが見えた。

「ハア？　って思ったよね、アレ、アイツ生きてたの？　って」

いつもの仲間数人でポカーンとその様子を眺めていると、男はフッと掻き消えた。

Rは走って家に帰ると、仕事を終えて家に戻ってきていた父に今さっき見たことを興奮気味に話した。

「馬鹿なこと言ってんじゃねえ！　ってぶん殴られたよ」

しかしその後、R達だけではなく近所の大人たちからも〝歩いている男〟を目撃したという話が相次いだ。

「子供ってそういう話に敏感だからね、直ぐに噂になったよ。もちろん広めてたのは俺達なんだけど」

再度見かけるのを待ちに待っていたある日、R達は男を目撃した。

「死んでも世間を騒がせちゃってるわけでね、こらしめてやろうと思って」

例の如く石を投げ罵声《ばせい》を浴びせると、男の姿は消えていった。

「勝ったと思ったね、だけど次の日に――」

仲間の一人が、男が出てくる夢を見たといって泣きついてきた。

「血走った目でずっとニラんでくるんだって、相当ビビってたな」

その次の日は、別な仲間が同じ夢を見た。

男に絡んでいた仲間は全部で五人。

「うん、俺の番になる前になんとかしなきゃと思ったね」

放課後、R達はそれぞれが自宅からくすねてきた缶ビールやカップ酒を持ち、連れ立って男が住んで居た納屋に向かった。

「ちょうど縁側みたいになってるところに酒を置いてさ、手を合わせて謝ったんだよ」

R含めて残りの三人が男の夢を見ることはなかった。が――。

「二、三日したらまた歩いてるのよ、あの酔っ払い」

男は千鳥足で、明らかに酔っ払っている風だったという。

「コレ、俺達が供えた酒を飲んだんだなって思って。面白いから何日かに一度、縁側に酒を置いては拝んでたんだよね」

酒を盗んでいるのがバレると親に怒られてしまうため、仲間うちでローテーションを組み、バレないように心がけた。

「その後も度々見たね。見かけてるうちは酒を供えてたんだけど」

冬になる頃には、さっぱり姿を現さなくなったという。

「みんなで相談してさ、成仏したのかも知れないから、そろそろ酒を供えるのは止めにしようって、それで最後に――」

手に手に酒を持って、ダメ押しのお参りをしに行った。

「いつものところに酒を置いて。もう出てこないで下さいよって、夢にも出てこないでねって。ひとしきり手を合わせた後で、ちょっと中を覗いてみるかって話になってね。元々納屋だし、玄関とか無いわけ。鍵の無い木製の引き戸を開けて中に入ろうとしたら――」

目の前に死んだ男が居た。

「天井向いてぶっ倒れてんの。上半身裸で目つぶってさ。そんで腹がパンパンに膨れているんだよ」

一目散に逃げた。

「いや、歩いてるのを見る分にはぜんっぜん怖くなかったんだけど、死んでたからね、アレ」

そう言いながら、Rが吹き出す。

「だからさ、一回酔っ払って死んだわけだけど、死んでからも俺らが供えた酒飲んで酔っ払ってさ、もう一回死んだんだよ、アル中で。しかも腹パンパンにして！　あはははは」

急に真顔に戻りRが言う
「酒って怖いなって思ったよね」

ジョッキでビールを煽《あお》ると、Rは再び笑い出した。

男は、その後二度と現れなかったという。

殴られたの？

柴田君が若い頃、友人数人と連れ立って向かったのは曰く付きの心霊スポットだった。

「どうも撲殺死体が発見された場所らしい。夜中に車でそこに行くと女が立ってるとか、車に手形が沢山付くとか言われてた」

小さな二ドアの軽自動車に男が四人。助手席に乗り込んだ柴田君はビールを飲みながら内心では早く帰りたいと思っていたそうだ。

「馬鹿馬鹿しいなって、女の子とか連れて行くなら話はわかるんだけど、何で男四人でそんな所に行かなきゃならないのか……むしろその状況のほうが気持ち悪かったよ」

街外れの山の麓にある小さな駐車場。

誰が利用するのか電話ボックスが立っており、その周囲だけがやけに明るく見えた。

――うわぁ、怖《こえ》ぇえ。

車内の誰かがそんな事を呟くが、酔っ払っている柴田君はシラケ切っていた。

「何が『うわぁ』だよって、馬鹿なんじゃねえのかと」

駐車場を車でぐるっと一周したが、幽霊らしき女の姿は見当たらなかった。

「帰ろうって言ったんだ、つまんねえし。真に受けてビクビクしてる奴等に腹が立ってきてもいたし」

探検するような廃墟があるわけでもない、ただの当たり前の駐車場。

何も起こらないなら留まる理由は無かった。

ちょっとその前にションベンしてくるわ——。

そう言って車を降りると駐車場の端っこで放尿。

帰りに寄ったファミレスで車の外装をチェックしたが手形も何も付いてはいなかった。

少しだけダベって解散したという。その次の日——。

「出勤したら先輩から『ケンカでもしたのか?』って言われたんだ」

——え? 何の事ですか?

問うと、先輩は柴田君の前まで来て首をひねる。

「スマン、勘違いだって言うんだよ」

次々と出社してくる同僚達の何人かが、自分の顔を見て不審そうな表情をした。

「なんだろうと思ってたら、仲の良かった事務の娘が『誰かに殴られたの？』って聞いてくんだよね」

——殴られてないよ？　何で？

アレ？　という顔で柴田君に駆け寄ってくるとマジマジと顔を見つめてきた。

「『さっきチラッと見たときに顔がものすごく腫れてたから……』って、実際はそんな事ないから近くで確認して驚いてた」

その日は、その後も同じような事が数回続いた。

「思い当たる事といったら前の日にあの駐車場に行った事ぐらいだったから、何か関係があるのかなって」

そんな事があったのはその日限りだったという。

解体工事

須田は二十代の頃、解体工事を請け負う会社に勤務していた。

業務内容の一つに、現場の記録写真を撮影するというものがあったそうだ。

「まあ、基本的にはクライアントに対して、適切に工事が施行されたかどうかの報告に使われるんだよね。後は何か問題が持ち上がった時に、こういう風にしてましたよっていう証拠の写真が残ってれば説明も楽でしょ」

撮影にはいくつか専門的なポイントがあるそうだ。その日の工事の進捗状態や、建物の性質、周辺の家屋との兼ね合い等によってそれを見分け、適切な写真を撮るのにはそれなりの経験が必要なのだという。

「起こりうる問題を想定して、適切に状況を説明できるような写真を撮っておく事が望ましいよね。もちろん、問題が生じないのが一番だけど」

入浴施設として建てられた建造物の、解体作業現場での話だという。

「工事の開始時、終了時に、その日の状況なんかを書いたボードと一緒に現場の全景写真を撮るんだ。進捗状況を把握するのには全景写真は必須だからね」

工事が始まって三日目の事。その全景写真に、不思議なものが写っている事に気付いた。

「終了時に撮った写真に、光ってるものが写ってるんだ。そこだけぼやけるようになってて、何だかよくわからないんだけど変なものが写り込んでる。記録のための写真だからね、その場に無いものが写ってるとマズイんだよ」

デジカメのモニターでは一応確認していたが、どうやら見落としていたらしい。日没後だと写るものも写らなくなってしまうため、慌てて現場に戻り撮影し直した。

「撮り直した方はなんともない写真だった」

写真は毎日撮影しなければならなかったため、同じようなアングルからの写真が既に二日分あった。気になって見直してみるとやはり何か写っている。

「光なんだけど、最初の二日は小さすぎて、改めて確認するまで気付かなかったんだな。まあ、気をつけて見なければわからない程度の写り込みだったからね、いいかと思って」

しかしそうなると次の日はどうなるのか。

「やっぱり写るんだよ、光るものが写ってる。撮り直すと何も写らないから、一枚目は捨て写真にして、必ず二枚は撮ることにしていたんだ」

建物が解体され、小さくなっていくにつれ、光はそれに反比例するかのように大きくなっていった。

行政などに出す資料としては使えないが、〝光〟もまた現場の記録ではある。そう考え、捨て写真として撮っていた一枚目もまとめて保存していた。

「流石に途中からヤバイと思ったから、社長にも相談したんだよ」

工期も半ばを過ぎた頃、経緯を説明した上で写真を社長に確認してもらったそうだ。

「社長も唸っちゃってね、一応、工事の記録として、一枚目の写真も残して置くようにって言われてさ」

工期はおよそ一ヶ月、その間に撮られた全景写真は数十枚に上っていた。

「最終的にその光はどんどん大きくなっていって最後の方には画面の三分の一を占めるぐらいに膨れ上がったんだ」

結局、須田の会社が担当していた工事は滞りなく終了した。

工事終了から数日後、次のプロジェクトに取り掛かろうとしていた須田は、廊下で社長に呼び止められた。

「何か障りがあると大変だから、ちょっと拝んで貰うぞって」

連れて行かれたのは寺だった。

「何の宗派なのかはわからないけど、社長が懇意にしている祈祷寺でさ。知る人ぞ知るなんて社長はもったいぶってたけど、地元では結構有名な所」

住職は女性で、須田は六十～七十代だろうと思ったそうだ。


プリントアウトしてきた写真を見せると、住職は「お宮ですね」と呟いた。日が進むにつれ、光の中で徐々に神社のようなものが組みあがっていき、最終日の数日前で完成しているという。

「俺には単に光ってるだけにしか見えなかったけどね」

社長が「何か障りはないですか？」と訊ねると。

「元々、神聖な場所であった土地に建物が建ってしまってたんだろって言うんだ。だからここに建物を建てたりする場合には注意が必要だろうけど、解体する分には大丈夫なんじゃないかって。形だけとはいえ、解体前には酒を上げて無事故の祈願をしてたしね。実際に事故なんかは起こらなかったし」

変に脅される様な事がなくホッとしたという。

帰り際、住職が「もしよかったらその写真を頂けないか」と言った。

「どうぞどうぞって、社長も構わないって言うし」

後日、その土地には木が植えられ、緑化されていた。

「名義は違うけど、あの寺で買ったんじゃないかって社長が言ってた」

今はどうなってるのかねぇ、と須田が懐かしそうに言った。

解呪の方法

津田君の後輩がおかしくなった。

「大学の一年下で山本っていう奴なんですけど、しばらく見ないなと思ってたら大学に来てないっていうんですわ。引き篭もりになったとか、親元に呼び戻されたとか色々噂になってていて」

山本はけっこうアクティブな人間で、ＢＭＸに乗って大学にやってきては学校前の階段を自転車で上り下りしたり、そのまま構内にチャリンコで乗り込んで教務課に呼び出しをくらったりしていた。勿論、講義には出ない。

「跳んでるんですよ頭のネジが。ＢＭＸの練習するんだって言って、墓場で墓石またいでピョンピョン跳ねてるんだもの。怖いもの知らずっていうか……まぁ見てて飽きないタイプではありました」

津田君が、ちょっと様子を見に行ってみようと思ったのは、夏休みが終わってから一ヶ月程してからだった。その時点で、山本が大学に姿を現さなくなって三ヶ月程が経過していた。講義には出ないのに休日でも必ず学校に居た男がである。

「インドとかに行きたいって言ってましたから、本当に行っちまったのかなと思ってたんですけど。そうじゃなかったら流石に放っておける期間じゃないので……」

山本のアパートに出向いてインターフォンを押すと、彼はあっさり出てきた。

「いくらか、やつれているように見えました」

招かれるまま部屋に入ると夥《おびただ》しい数のカップ酒が目に入ってきた。全て空だ。

「これはやっぱりおかしいぞと思って、何か悩みごとでもあるのかって訊いてみました」

すると山本は奇妙なことを語りだした。

「カップ酒に祟られたっつーんですよ」


三ヶ月前いつものように墓場でBMXを乗りこなしていたところ、道に転がっていたカップ酒の空コップを後輪で踏み割ってしまった。

妙にその感触が頭から離れず、気持ち悪いなと思っていると、急に手足が腫れたり、夜中に人の声が聞こえるようになったという。

「あまりにも真剣に語るんで、笑うに笑えなくて」

どう反応したものか思案していると、山本が今まで聴いたこともないような低い声で言った。

――先輩、信じてないでしょ？

すると小さい封筒から、カビの生えたような十円玉を数枚取り出した。

「妹さんの火葬の時の六道銭だっていうんです、しっかり葬儀も終わりましたって」

詳しく話を聞くと、大学に顔を見せなくなっていた約三ヶ月間、当初は手足の腫れが原因で二週間程入院していたのだそうだ。ある程度症状も落ち着いて退院すると、今度は妹が自動車事故で亡くなったと知らされた。四十九日が過ぎるまで実家に帰省しており、二週間ほど前に戻ってきたのだという。

「そんでその原因が、カップ酒のコップを割った事だって言い張るんです」

――祟りが原因なら、コップを割ったことよりも墓場でチャリンコ遊びしてたのが原因なんじゃないか？

津田君がそう訊ねると、山本はこう答えた。

「自分は中学生の頃から地元の墓場でＢＭＸの練習をしてます。あんないい練習環境はない。墓場が原因で祟られるんならとっくに祟られているはずでしょう？」

それにしても、カップ酒のコップに祟られるなんて話は聞いた事がない。

何よりも、その祟られたものを部屋一杯に敷き詰めているこの状況は、明らかにおかしい。妹を亡くした事で精神的に参ってしまっているんじゃないかと津田君は考えたという。

「こういう呪いの形式があるんでしょうね……」山本が言った。

つまり、あのカップ酒のコップは誰かが山本を陥れようとあの場に置いていた呪物であり自分はまんまとそれを踏んづけてしまった。結果、呪われてしまい、こんな状況になっているると山本は主張したのだという。


「いくらなんでも、そんな話を真に受けられないですよね。これはコイツの実家に連絡入れた方がいいんじゃないかと思ってたら――」

バチッ！　と部屋に置いてあったカップ酒のコップが弾けた。

「目の前で急にです、え？　って思って――」

――来た！　と山本が立ち上がった。

「そしたら次々にコップをひっくり返し始めたんですよ」

――先輩も手伝ってください！

　言われるままに津田君もコップを裏返していく。全て裏返すと山本が言った。

「これである程度捉えきったと思います、ありがとうございます」

「『自分を呪った何者かは、カップ酒のコップに呪いの力を込めていたわけだから、その力が来た瞬間にこっちもカップ酒のコップでそれを捉える事ができるはず、だからこうやって用意して待ってるんです』って、そう言うのよ」

〝呪いの力〟が来る時には前兆があるという。

〝最初の方は誰もいないのに人の話し声が聞こえてきたんです。それをマトモに聴いてしまったから手足が腫れたり、妹が死んでしまったっていう事に気付いて、今のスタイルで迎え撃ち始めました、着実に効いているようで、最近はコップが割れる程度ですよ。容器を狙って来るんですから相当嫌がってますね相手は〟

「これはもうダメかも知れないなって、そう思ったんですけど……」

　しかし、確かに目の前でコップは弾け飛んだ。

「怖かったですよね、やっぱ異様ですよ、普通は弾け飛ばないですからコップ。あとは山本の真剣さも怖かったです」

〝なんかあったら連絡しろよ〟と伝えて、山本のアパートを後にした。

「こっちまで呪われそうだなって、どっちかっていうと山本に……」


暫くして、山本から連絡があった。

「大学辞めて、田舎で妹の供養をするからって」

〝渡したい物がある〟と言われたのでアパートへ向かった。

「例のコップにラップで蓋したものを渡されました、輪ゴムで口を閉じてあって……」

〝いざというときは使ってください〟と山本は手渡しながらそう言ったという。

どうやって使うんだよ？　と聴くと——

「『道路とかに仕掛けておいて相手に踏ませればオッケーです。俺も反撃のために色んな所に仕掛けてきましたから……』って。夜中に町中に置いてたらしいです」


田舎に戻った山本とは現在交流はないという。

貰ったコップはまだ津田君の家にある。

鉄塔

西條君は十四歳の誕生日に天体望遠鏡を買ってもらった。

「親は学習教材なんかには惜しみなく金を使ってくれたから、別にそこまで興味があったわけじゃないんだけれど、何かカッコいいなと思って買ってもらったんだ。赤道儀付きの結構本格的なやつ、でもイマイチ使い方がわからなくて」

周りに詳しい人間も居なかったため、しかたなく独学で操作を学びながら天体観測を行っていたが、やがてそれにも飽きてしまった。夜に星を眺めるよりも、昼間に部屋から町を覗いたりすることの方に熱中し始めたという。

「家が小高い所にあったから、結構広い範囲を覗けたんだ」

動きの少ない天体を観測するよりも、昼間から細々と動いている人間を観察する方が面白かった。

「テレビ塔とか鉄塔とか、そういう高いところで作業している人たちなんかはすごくよく見てた。こっちが観察しているなんて気付かないんだろうなって思うと、妙な優越感も湧いて」

西條君の自宅から見て、町の反対側の山のほうに鉄塔が何本か立っていた。

観察を続けるうち、そのうちの一本に、いつも人が立っている事に気づいたという。

「そういう所に上っている作業の人って、なんらかの目的があって上っているわけだから望遠鏡で覗いていると小さく動いているのがわかるんだよ、だけどその人は全く動かないの、不思議だなって思って」

観察の際は必ずチェックするようになった。

「白っぽい服を着て、帽子みたいなのを被っている人。鉄塔のかなり上の方から、町を見下ろすように仁王立ちして」

一ヶ月も経つと、不思議だなという気持ちが〝これはおかしい〟という疑念に変わってきた。

「だってずっといるんだよ？　しかも時々そこに居ない事もあった。人形とか、そういう形をした器具とかであれば、毎日立ってなきゃおかしいじゃない？」

という事はやはり〝誰か〟があそこに立っている。

親や友達に確認して欲しい気持ちもあったが、天体望遠鏡で町を眺めているなどという事を知られると何を勘ぐられるかわからないため、黙っていた。

「でも、どうしても確認したくなって——」

その鉄塔まで直接行ってみることにした。


自転車で町を突っ切り、反対側の山の麓に向かう。

着いてみると鉄塔は思ったより大分山深い場所にあるようだという事がわかった。

「一人じゃ無理だなと思った。ガイドできるような慣れてる大人と一緒じゃないとキビシイなって」

悩んだ末に、祖父に相談してみた。

「山に入ってのキノコ取りが趣味だったから、それに同行させてもらう感じでついていけないかなと思って」

祖父は西條君がキノコ取りに同行することは快諾してくれたが、例の山に登りたいという提案には難色を示した。

「あの辺の山は迷いやすいって言うんだ、キノコ取りの仲間もあの山には入りたがらないって……『どの辺に行きたいんだ?』って言うから、あの鉄塔の所までは行きたいって」

家の外へ出て鉄塔の辺りを指差す。肉眼で見る鉄塔は大分小さく、町にかかるモヤの影になってハッキリしなかった。

祖父は山歩きに使うプレート型のコンパスを使い、地図上に何本か線を引く。

「朝イチだったら良いって、昼には帰ってこれるようにしたいからってさ」


休日の朝五時、祖父と二人で鉄塔に向かう。

途中の砂防ダムや沢を乗り越え、倒木を跨ぎながら山を進む。

「じいちゃんは平気な様子で歩いてるんだ『コレはアミタケだから食えるよ』とか言いながら楽しそうに上っていくんだけど、俺はもう半分嫌になってた。山なんて歩いた事なかったし、虫が多くって……」

途中に何度も休憩を入れながら、数時間は山を歩いた。

「じいちゃんが『この辺だぞ』って言うから、そろそろかと思って歩くんだけど……」

鉄塔がなかなか見つからない、それを探すためにグルグルと歩き回ることは体力的にも無理だと悟った。元気にキノコを取りまくっている祖父に帰りたいと伝える。

「鉄塔が無いな、って言うんだ。俺はきっと違った方向に上ってきてしまったんだろうって思ってたんだけど、じいちゃんはずっと不思議がってた」

最初から、迷いやすい山だという事を祖父自身が言っていたし、何となくこういう事もあるだろうなと覚悟はしていたという。

帰り道で、祖父がしきりに「おかしい、おかしい」と言った。

「鉄塔がある場所はさっきの辺りで間違いないって言うんだ。少なくともそれが見える場所ではあったハズだって」

孫の希望を叶えられなかったのを無念に思ったのか、祖父はとても悔しがった。


ヘトヘトになって自宅に戻ったのは、十四時を回った頃。

「家に着いたらじいちゃんが『そういやお前、望遠鏡持ってただろ?』って言うんだよ」

目指した鉄塔を望遠鏡で確認してみようという祖父の提案だった。祖父は西條君が望遠鏡で鉄塔を観察していたことを知らなかった。

「確かに、今日もあの人が立ってたのか気になってたから準備したんだ」

しかし――

「鉄塔が無いんだよ、肉眼で見ても望遠鏡で覗いても、昨日まで立ってたはずの鉄塔がどこにもないんだ!」

つい先日、孫とそれを確認したばかりだった祖父も驚いていたが、何度か納得したように頷くと「あれはそういう山だ」と言った。
あれ以来、西條君は例の鉄塔を見ていないと語った。

雪の夜

Tさんはその日、夜の高速道路を車で走っていた。夕方過ぎから降り始めた雪が勢いを強め、視界が奪われるような大雪の中、一人目的地を目指してのドライブだ。

道路にかかる掲示板には、速度制限の知らせが光っている。

「雪道には慣れてるつもりだったんだけど、あんまり降るもんだから疲れちゃってね。パーキングエリアがあったからそこに入って休憩をとることにしたんだ」

車の外では深々と雪が降り続けている。

見渡すと自分だけではなく、大型のトラックや家族連れらしいファミリーカーが、頭に雪を積もらせたまま黄色い街灯に照らされていた。

「俺の他にも結構車が停まってたから、何かあっても安心だなって思って。コーヒー買って飲みながらラジオを聴いたりして」

そんな調子で小一時間程くつろいでいると、急に眠気が差して来た。外の雪は大分小降りになっている。

「まあ、雪も落ち着いてきたし、軽く寝てから出発しようかなと思って」

目覚めたのは深夜二時を回った頃だった。

その日の朝には目的地に到着しなければならなかったため、眠い目をこすりながらしぶしぶハンドルを握ると、深夜の高速道路に滑り出た。

「ちょっと走ってから、しまったと思ったんだよね。車の頭に積もった雪を降ろしてなかったなと」

走っているとフロントガラスにスススっと雪が滑り落ちてくる。ワイパーで弾けているうちは問題ないのだが、雪塊が一気に落ちてきたりするとワイパーが利かなくなり、一瞬で視界を奪われる事になる。

「出発前に確認しておくんだったたって思ってさ……うっかりしてたよ。ガバッと落ちてくるんじゃないかと思って冷や冷やしてた」

天井からフロントガラスに滑り落ちてくる雪をチラチラと確認しながら運転を続けていると、不意に妙なものが視界に入った。

「フロントガラスの雪と一緒に、人間の指みたいなのが見えたのよ」

〝指〟は雪と一緒にフロントガラスに張り付くように滑り落ちてくる。

「うええ?」と呆気に取られていると、次第に手の平が姿を現した。

「どう考えても手のひらにしか見えなくってさ、なんだこれって……」

〝指〟の部分の先端がワイパーで徐々に削られていく。他の雪と同じようにサクサクと払われ、後には何も残らない。

「指がワイパーで払われて、そんで手のひらが同じように……」

手首らしき辺りまで削れた時、嫌な想像をした。

「これ、このまま行ったら顔が出てくるんじゃないの? って」


明け方にはまだ遠い、深夜の高速道路。雪のためか、交通量は少ない。

「このまま走ってたら、事故るんじゃないかって。雪道と、車の屋根の雪と、手と、気にしなきゃならない事がありすぎて」

不安が一気に押し寄せたところで、路肩に停めようと決意した。

「もう思い切って確認するしかないなと。覚悟を決めて降りることにしたんだ」

ハザードランプを付けると、助手席に移りドアを開ける。意を決して車の屋根を覗きこんだ。

「何にもないんだよね、人どころか、雪もないの。まあ、当然っちゃあ当然なんだけど……」


長時間の運転で疲れていたための幻覚か何かだろうと思うことにした。

運転席について、車線に戻ろうとサイドミラーで後方を確認していると、一台の車がやってくるのが見えた。黒っぽいセダンだった。

「乗ってたんだよね、その車の屋根に、人が……」

雪道などお構いなしといったスピードで走り抜けていったその車は、随分先で事故処理されていたという。

閉まる音

ある介護施設に勤務している佐藤さんという女性の話。

彼女が担当するフロアには十人程の高齢者の方々が生活をしている。

軽度の肢体麻痺《したいまひ》や認知症の方々などが主な入所者であり、多少の援助を必要とするもののほぼ自立した生活が可能な方々であるため、仕事内容も一般的に語られる程つらいものではないという。お年寄りと接するのは自分の性分に合っているので仕事自体はとても楽しく感じていると語る。

「ただ……正直とても薄気味悪いと感じることもあるんです」

高齢者の生活の場であるので、日勤だけでなく夜勤業務もある。問題はその夜勤中の事であるという。

「うちの居室はそれぞれ個室になっていて、入り口は全て引き戸になっているんです。ドアだと車椅子での移動やなんかに不便だから、大体どこの施設でもそうだと思います」

〝引き戸〟は滑らかに開閉可能であり、開けたり閉めたりするのに苦労するような代物ではない。高齢者が安楽に生活することを考えれば、当然の配慮である。

「でもその引き戸が、夜になると凄い音を立てて〝閉まる〟んですね」

入所している誰かがそのようなことをしているわけではないという。それより何より何《なに》某《がし》か特別な理由でもない限りは戸は閉めておくのが基本なのだそうだ。

「どのユニットの引き戸も、見回りの時に全てしっかりと閉じていることを確認しているんです。だからそもそも〝閉まる音〟なんて聞こえないハズなんですけど……」

居室の中にはそれぞれ個別のトイレや洗面台があり、わざわざ夜中にフロアのトイレを使用する必要はない。また入所者の転倒予防のため、ベッドサイドには必ずセンサー付きのカーペットが敷いてあるので、ベッドから起き上がって移動しようものならすぐさま夜勤者の知るところとなるのだそうだ。

「睡眠薬なんかを服用している方も多いので、夜中に尿意で目覚めたとしても薬が効いた状態で歩くのは危険ですから、カーペットが反応したら夜勤者が駆けつけることになっています」

つまり〝閉まる音〟の原因は入所している高齢者達ではないという事になる。

「夜勤は殆どワンフロア一人での体制なので、職員がイタズラしているということも考えられません」

そもそもそんなイタズラをする意味がない。

「だから、謎なんですよ、何であんな音がするのか……」

酷いときにはフロアの居室全体を一周するように音が次々に鳴る事もあるのだと語る。

「ドン！　ドン！　ドン！　ってすごいんです、音を聞くだけで竦みあがってしまうぐらいで」

しかし不思議な事に入所しているお年寄りから苦情が出たことはこれまで一度もないという。

「利用者さん方だけじゃなく、同僚にも〝聞こえる人〟と〝聞こえない人〟が居るみたいなんですね。むしろ聞こえるのは少数派で、聞こえない人の方が多いんです。だから問題として取り上げても真剣には聞いてもらえなくって……」

高齢者を引き受けている以上、不測の事態が生じて居室で亡くなってしまう方が出る場合もある。一部の〝聞こえる人〟は、そのように施設で亡くなった方の仕業ではないかと考えているという。

「そうだったら怖いなって……生きてらっしゃる時はいくらでもお手伝いできますけど、

亡くなってしまってからはお話を聞くこともできないので……」

ただ、佐藤さんはそのような〝亡くなった方の幽霊〟説には懐疑的であるという。

「一度、施設の中でも一番ベテランの同僚に相談したことがあるんですね。彼女はこの施設が新築で、運営が始まった頃からのスタッフなんですけど〝聞こえる〟方の人で……」

そのベテランスタッフは佐藤さんの訴えを黙って聞いた後で、「少なくとも亡くなった利用者の方々の仕業ではないと思う」と答えたそうだ。

「彼女は、『実はこの施設、新築当時からこの現象があった』って言うんです。まだ誰も入所の方々が居ないときに、既にこの〝閉まる音〟はしてたって……元々、この土地にある因縁か何か、根っこは古いんじゃないかってそう言われて……」

なおさら怖くなったという。

何の餌？

手芸サークルを開いているFさんの話。

「四年ぐらい前まで参加してくれてた女の子（Kさんとする）なんだけど、変わった娘でね。人当たりはいいんだけど、時々不思議な事を言うのね」

〝あそこに何かが立ってる〟

〝何かに憑かれたみたいで肩が重い〟

〝金縛りに遭って寝不足〟

など、話を聞く限り、Kさんはどこにでも居る〝視える系女子〟であったようだ。

「畜産系の農家の娘なのに、っていうか、だからこそなのか『食べられる動物の気持ちがわかるから肉は食べられないんです』って言うのね、完全な菜食主義者で」

小柄で整った顔立ちの持ち主であったため「こういう性格じゃなければ嫁の貰い手は沢山いただろうに……」とサークル仲間から愛護的な同情を受け、可愛がられていたという。

「今でもそうだけど、平均年齢の高い主婦が中心のサークルだから、娘のような年齢だったKちゃんに皆色々と世話を焼いたりなんかして、彼女も居心地が良さそうだった」

手芸だけではなく、花嫁修業として料理や掃除のコツ、旦那との付き合い方など様々レクチャーを受けては楽しそうに笑っていたそうだ。

Kさんがサークルに参加して一年が過ぎようとしていた頃。

「その頃になると大分落ち着いて来てて、幽霊がどうのなんていう話もあんまりしなくなってきてたの」

ある日、KさんがFさんに神妙な面持ちで話しかけてきた。

「思いつめたような顔をしててね。料理をしたいんだけどお肉が触れないからレパートリーが広がらないって、食べるだけじゃなくて触るのも怖いらしくって、泣きながら相談してきたの。どうやら男の人とお付き合いを始めたらしくって」

深刻な表情から彼女が本当に参っているという事を感じ取ったFさんは、どうして肉が触れないのか、一体何が怖いのかと語りかけた。

「不思議な事を言うのよ……彼女は農家の娘だから子供の頃に何度も家畜に触れてるわけだけど、そのたびに『餌になりたくない！　餌になりたくない！』って彼らが叫んでるのが伝わってきてたんだって、それが怖くて高校卒業と同時に家を出てきたって……」

餌とは〝人間の餌〟だという。

「だから〝餌になってしまった〟状態の動物に触った場合、一体どんな事になるのか想像もつかないって、生きている時に触ったのと同じように、そういう何かが伝わって来たら狂ってしまうんじゃないかって、そう言うのよね」

Fさんは、彼女の話を真剣に聞いた上で、スナック菓子や化粧品にだって動物由来の成分が含まれているんだから、これまでにだって気付かずにそういったものに触れてきたはず、その時に何も感じなかったのであれば大丈夫なんじゃないかというような話をKさんに語った。そして、自分が見守っている場所で一度、生肉に触れてみることを勧めた。

「で、一緒にスーパーに行ってお肉を買ってきて」

――触ってみた。

「何ともないっていうのね。緊張とか不安とか、そういうのが一斉に晴れたみたいな表情で。彼女が泣いちゃったから私も貰い泣きしちゃって……」

「まあ、ここまではある意味で馬鹿馬鹿しい話なんだけどさ……」

そこまで言って、Fさんの表情が強張る。

「それで、その後は肉料理を教えたりして、若い男の子の好きそうなお弁当のメニューとか皆で考えたりね。そうやって過ごしてたんだけど――」

そんなある日、サークルに新しく女性が入ってきた。近所に引っ越してきた主婦だったという。

「何度目かの時に、どういった拍子だったのかわからないんだけど、Kちゃんがその人に触ったんだよね」

みるみるうちにKさんが真っ青になった。

「まるで貧血でも起こしたみたいにフラフラしたと思ったら、その場で吐いちゃって……」

放心したようなKさんを、仲間の一人が車で家まで送った。

そして次の日。

「その新しく入ってきた人がね、事故で亡くなったのよ」

近辺では有名な事故多発地帯だった。

「引っ越してきたばかりだったから、あの道が危ないなんてことも知らなかったと思うの。せめて私たちが教えてあげていればって……いたたまれなくて」

短い間だったとはいえ、見知った顔同士、サークル仲間としてお通夜ぐらいには顔を出すべきだろうと話がまとまり、Kさんに連絡を取った。

「そしたら電話口で泣くのよね、子供が泣きじゃくるみたいにずっと泣いてるの」

心配になったFさんがKさんのアパートを訪ねると、憔悴しきった様子の彼女が出てきた。

「元々不安定なものを持っている娘だったから……側に居てあげようと思って彼女の部屋にあがってね、抱きしめるようにしてたの」

彼女を抱きしめながらも、Fさんは不思議に思っていた。

確かにショッキングな出来事ではあった。しかし、所詮数回会っただけの間柄である。関係の深い付き合いがあったわけでもないのに、どうしてここまで泣くのか。

ひとしきり泣いた後、彼女がポツリと「私もうだめかも知れないです」と言った。

「どうして？」と訊ねるFさん。

「昨日、あの人に触った時に、また聞こえたんです。『餌になりたくない！　餌になりたくない！』って……。そしたらこんな事に……もうどうしたらいいか……」

人間に触ってそんな事になったのは初めてであり、最早知らない人間が傍に居るだけで恐ろしいと言う。

しかし、話がおかしい。今回は人間の事故死であったわけで、動物でも、まして屠殺されたわけでもない。

一体、〝何の餌〟だというのか――Fさんがそう訊くと。


――だから、あそこのカーブのところに居る人たちのです……。


「ヒヤッとした。そう言えばこの娘〝視える子〟だったって……しばらくそんな事言ってなかったからすっかり忘れてて……」

その後、Kさんは〝田舎に戻ります〟と言い残し、引っ越していったという。

「多分だけど、あの娘は〝動物の声〟を聞いてたんじゃなくて〝動物の死期〟を独特な形で予知してたんだと思うの、それも〝自然な形ではない死に方〟の……」

御祀り

七月一日　家鳴りがする。
七月三日　風呂場に光る球が落ちる。
七月六日　居間に光る球が落ちる、家鳴りひどい。
七月十日　夜間、牛の鳴き声が寝室にひびく。
七月十三日　居間とキッチンに光の球、牛の鳴き声する。
七月十六日　光の球多数。家鳴り。

これは、Gさんが記録した自宅での怪異の一部である。
五年前の六月、新築した自宅に住み始めたGさんは、自身の妻及び子供とこれらの怪異に遭遇している。

話は、この自宅を建てた土地の購入段階にまで遡《さかのぼ》る。

好立地にしては同一市内の他の土地よりも値段が手頃で、坪数も申し分なかった事から、不動産屋に購入の希望を伝えると、

「直接、土地の持ち主と話をしてみて欲しい、購入するかどうかはその話の後に決めて下さい」

と話された。

Gさんは幾分不審に思ったが、早く話をまとめてしまいたいと思い、持ち主を訪ねた。

持ち主の家は、その土地の直ぐ側に建っており、主人はその辺の地域の顔役のような立場であると語ったという。そしてこう続けた。

『あの土地は、あまり良い土地ではなく、本当は売って良いものかどうか悩んでいる。ただ、不況のご時勢、宅地をそのまま遊ばせておくと税金やなんかで大金を取られてしまうので、本音としては直ぐにでも売り払いたい』

〝良い土地ではない〟というのはどういう意味なのか？　とGさんが問うと。

『あそこには元々、自分が立てた一戸建ての貸家が立っていた。しかし、入居する者が半年と居ついた事がなく、話を訊いてみると口々に〝この家は祟られていますよ〟というような話をされる。実際に自分が何日か暮らしてみたが確かに妙な事が続発し、気味が悪い

ので取り壊し、宅地に戻した』
〝妙な事〟とは？　Gさんは尚も食い下がった。
『幽霊というか、そういうような意味で捉えてもらって構わない。それがなければ土地そのものは非常に優秀な物件であると思っている』

Gさんはそもそも幽霊や心霊現象といったものを全く信じておらず、これらの話を聴いてむしろ好都合であると感じたという。

つまりそのような現象が起こった家が建っていた土地であるから路線価格よりも大分安い価格が提示されているのだろうと理解したからだ。

悩む事なく、即答した。

「買います」


そしてその年の六月、その場所に家を新築したのだった。

住み着き始めて最初の数日は、何事もなく過ごしたのだという。

しかし、一週間ほどたった頃、家の中が妙にうるさく感じ始めた。

だれも居ない部屋から人の気配がしたり、夜になるとピシピシと家鳴りが耐えない。

妻や子供はあからさまに怖がり、Gさんに何度も泣きついた。

当初は一笑に付していたGさんであったが、自身もまた不思議なものをたびたび目にし始めた。それは「天井から床に向かって一直線に落ちる光球」であったという。

「こう、スッと落ちるんですね。ふとしたタイミングでそれが見えてしまって……」

一度や二度ではなく、度々それを目撃するにつけ、流石のGさんも震え上がった。


住み始めて一ヶ月が過ぎた頃、仕方なく例の元地主に相談に行くと。

「先方は、お祓いだの何だのは効かないっていうんですよ、そんなことはとっくにやってるんだって。それでも出続けるから元の賃貸は壊したんだから、と」

三十年ローンで建てた家である。そう簡単には引っ越せない。ここに至ってGさんは初めて自分の迂闊《うかつ》さを悔いたという。

「だったらどうすればいいですか？　って食い下がったんですよ。妻も子供もすっかり怯えちゃってたから、あのまま行けば離婚だってあり得たと思います。」

——もし怪異がなくなったら、アンタあそこにずっと住むかい？

元地主はGさんを睨み付けるようにしてそう言った。

「もちろんですよ！　って。あんな現象さえ起きなければ場所も家も何の問題もないんで

行った。


すから」

するとと元地主は「一ヶ月だけ待っていなさい」とGさんに言うと、どこかへ出かけて行った。


一ヶ月後に何をする気なのかはわからないままだったが、何とかなるような口ぶりに安堵した。しかしまだ一ヶ月は我慢しなければならない。

「毎日ってわけじゃなかったので、覚悟さえ決めてしまえば一ヶ月ぐらいなら耐えられるかなと。妻と娘達にもそう話しました、もう直ぐで終わるからもう少し頑張ろうって」

季節は丁度、七月に入ったところであった。

もしかすると元地主の紹介で第三者が介入してくるかもしれないと考え、その日から家に起こった怪異を記録する事にした。その一部が冒頭の記録である。


目立った怪異は主に三つ。「光球の目撃」「牛の声」「家鳴り」である。

記録には、それらが繰り返し書き込まれていた。

「家鳴りと光の球はある程度慣れることが出来たんですけど、牛の声に関しては最後まで慣れませんでした。夜中でも昼間でも、突然大きな声が響き渡るものでしたから……」

ほぼ一ヶ月が経つという頃。

元地主は数人の男を連れてくると、Ｇさん宅の裏庭に何かを作り始めた。

「大工さんだったんです。私はてっきり霊能者とかお坊さんだとかが来るのかと思っていたんですが……」

せっかくとったメモも無駄になった。大工にそれを見せてどうなるものでもなかった。

そして数日後――。

「小さな神社っていうか、そういうものが建ちました」

元地主は、どこから持ってきたのかその中に両腕で抱えるほどの石を安置し、Ｇさんに向かってこう言った。

「このお宮を家族皆で祀《まつ》りなさい。それでもう妙な事は起きないだろうからって……」

事実、それ以後、怪異はぴたりと止んだ。

しかし――。

「おかしいと思いませんか？　だったら何故、自分達でそれをやらなかったのか。彼はこの方法を最初から知っているようだったのに……。なんとなく嵌《は》められたような気が最近しているんですよ」

元地主の男とは現在もよく顔を合せ、地域の活動を共にしたりしているそうだが、彼がその〝お宮〟をお参りしたことは一度もないという。

「でも妙な現象は起きなくなったし、祀るって言っても毎週綺麗に掃除して、日本酒を供えるぐらいのものですから負担に感じることはないんですけどね……妻や娘は怖がってあまり近づきたがりませんが、何ヶ月に一度かは家族全員でお参りするようにしています」

回る遺伝子

この話の状況を説明するために彼女のこれまでの歩みを振り返らなければならない。

現在、彼女（Rさんとする）は四十六歳の専業主婦である。


彼女は幼少の頃、奇行を繰り返していた。

二歳の頃には誰もいない空間に向かって「ハイ！」と何かを渡そうとしたり、同じく誰もいない空間に向かって「あーん」と口を開けたりという行動を取っていたと彼女の両親は語る。

その後、幼稚園に上がる頃になると、園の遠足当日に〝家の前に怖い人たちがいるから〟と泣き叫び欠席（当然、家の前には誰もいない）。

更に〝見えない友達〟を家に連れてきて両親を困惑させるなどをし始めた。

小学校の低学年の頃には、殆ど毎晩のように家の庭に裸足《はだし》で歩み出ると、目を瞑ったままでその中をグルグルと円を描くように歩き回ったという。

この頃になると彼女の両親はある程度開き直っており、彼女の好きなようにさせていたそうだ。

幼い子供を深夜に好きにさせるという状況はどう考えても好ましいものではないと感じるが、彼女の両親にしてみればそれすらもまた、彼女の起こす不思議な行動の一つでしかなく、一つ一つに対応していくことはできないという諦念あって故の判断であったという（最低限、彼女が庭の外に行かないよう高い塀を設けるなど対応はしていた）。

彼女本人の弁では、その頃の記憶というのは（それは誰でもそうだと思うが）非常にぼんやりしており家の庭を歩き回っていた記憶はないのだという。

それどころか、そもそも、彼女が自分で〝ものごころついた〟と感じたのは小学校の六年生の時だったと言い、それ以前は何だか適当に日々を動いていた感覚しかないのだそうだ。

つまり、彼女が主体的に物事を考えられるようになったのは〝小学六年生から〟だという事になる。本人もまたそうであったと認めている。両親は「そんな事はないはずだ」と述べるが、そういった話は本文にはあまり関係ないと判断し割愛する。

〝ものごころついて〟からの彼女は、それまでの奇行が嘘であったかのように利発な少女として生活をはじめた。

当然、夜中に庭を歩き回ったり、見えない友達を連れてきたりといったことはなくなり、両親と一人娘という構成の一家には穏やかな日々が訪れた。

ただ、その後遺症のようなものはしっかりと残ってしまっていて、彼女は中学校に上がってから、頻繁に起こる夜間の金縛りに悩まされる事になる。

その金縛りであるが、先《ま》ずは大前提として体が動かなくなるという事、さらにその間、彼女が眠っている布団の周りを、何者かがグルグルと歩き回る気配がするという事が特徴であった。

彼女は当然、それを怖ろしい事と感じていた。

彼女は高校生活を地元で過ごすと、卒業後、その県の県庁所在地で働き始めた。

自活を始め、お金も身の丈に合った範囲で自由に使うことができるようになってから、彼女が始めたのは霊能力者と呼ばれる人々を訊ねる事であった。

彼女の出身地である東北地方において、霊能者と言えば、有名どころとして恐山のイタコが挙げられるが、それに類似した土着の霊能者は様々な町に存在しており〝カミサン〟〝オガミサン〟〝オガミサマ〟等と呼ばれて当時も存在していた（二十年以上前である）。

それら霊能者を廻った際に、必ず一様にこう言われた。

「結婚すれば治まる」と。

何が治まるのかというと金縛りである。頻度は減っていたものの、成人を控えて尚、彼女の金縛り癖は治っておらず、それを随分気に病んでいたそうだ。

そうして彼女は二十歳の頃、早々と結婚した。

言われた通り、結婚と同時に彼女の金縛り癖はなくなり、一女を儲けた。

そしてその娘が、今度は眠っている彼女の周りを回り始めた。

「当時はまだ四歳だったから夜は私の隣に布団を敷いて、一緒に眠っていたのね。それこそ金縛りで悩んでた頃に比べれば本当に幸せな睡眠だったんだけれど……。ある時、夜中に何か気配を感じて目が覚めたんだよね」

まさか久しぶりに金縛りだろうか？　一瞬そんな事を考えたという。しかし体は動く、金縛りではない。じゃあこの気配は何だろう？——

「娘がね、目を瞑ったままで私の布団の周りをグルグル回ってたの。私はあの頃にそうやって何者かにグルグル回られた記憶があるから、当然、ビクッとしてね」

金縛りではないが、当時の嫌な記憶が思い出されたために、体が思うように動かなかったのだ。

布団に横たわったまま歩き回る娘を眺めていると、やがて娘は動きを止めると布団に潜り込み、眠ったようだった。

「それからやっと起き上がって娘の顔を覗き込んでみたら、何もなかったみたいにスヤスヤ眠っているわけ」

Rさんの旦那は長距離トラックの運転手であるため、夜は仕事で家に居ないことが多かった。娘は決まって、自分の父親が居ない夜にRさんの周りを回るのだそうだ。

「それで、母親に相談したんだよね。娘がこういう風になってるんだけどどうしたらいいと思う？　って」

返ってきたのは意外な言葉だった。

「アンタの時はもっと酷かったんだから、そのぐらいは大目に見てあげなさいって言うのよ」

Rさんは、その時はじめて自分自身が幼少の頃に行っていた奇行の数々を母親から聞いた。

「ホント、びっくりしちゃって……」

その話に興味を持った私は、後日、彼女の両親にお会いして、改めて〝彼女について〟の話を聴いた。その時に聞いた内容が、つまりこの話の冒頭部分に当たる。

「娘は夜中にそうやって歩き回っている記憶はないみたいだった。特に寝不足っていう風でもなかったし、母親からは〝親子なんだから似てるのよね〟なんてまるで大した事じゃないみたいに言われたから、私もまあ、あまり深刻にならずに済んだのよ」

その後、小学校に上がるまでの間は、度々そのようにRさんの周りをグルグルと回った娘は、自分の母親の時のように、それ以上の奇行を見せる事なく順調に成長した。

娘は現在二十五歳、Rさんは四十代でおばあちゃんになっている。

先日、娘が夜中に慌てた様子で電話をかけて来たという。

「娘の娘、つまり私の孫が、夜に布団の周りをグルグル回ってるっていうのよ。笑っちゃったわ」

娘は自分の報告を鼻で笑うRさんに戸惑った様子で「どうすればいいと思う?」と訊ねて来た。

「アンタも同じように回ってたんだから、心配するなって」

「こういう事って遺伝するものなのかしら?」と訊かれた。

「さあ、どうでしょう。でも結果的にそうなってますよね?」と答える。

Rさんは「ひ孫が楽しみだわ」と笑った。

湯船の中で

「それまでは電気給湯器を使ってたんだけど、お湯を使いすぎるとしばらくは水しか出てこないっていう仕様だったから、ガス湯沸かし器に変えたんだ。思いっきりお湯が使えるし、他の家族にも気兼ねしなくていいから快適だよ」

年頃になる二人の娘を抱える橋本さんは、元来風呂好きであったが、長風呂を控えていた。一度自分がお湯を使いすぎて水しか出なくなったことがあり、その時に二人の娘から酷く罵倒されたのが原因だったそうだ。

ガス湯沸かし器に変えてからはそのような心配もなくなったので、娘達が風呂を使った後で、ゆっくりと風呂を楽しむようになった。

そんな彼が体験した話である。

「夜中であってもスイッチ一つで焚きあがるんだから便利なもんだよ。その日は丁度お盆時期で、盆礼のために親戚中を回ってきたところだったからクタクタだったんだ」

湯が沸き終えるのを待ちきれずに湯船につかると、浴室にある追い焚きのボタンを押す。給湯穴から心地よい熱さのお湯が湧き出てくるのを感じながら、まどろむような心地で目を閉じる。

「いっそこのまま寝ちまうかって思うほど良い気分だった、親戚回りも終わって、次の日は仕事も休み、言う事ないなって」

ウトウトしながら湯船に浸かる。明日は何をしようか、一日中ゴロゴロするのもいいだろう、盆礼で客が訊ねてくるかも知れないから外出は控えよう。そんな事を考えていたという。

いい塩梅《あんばい》に湯上がって来た所で、更に追い焚き。お湯は熱いに限る。

すると、突然、給湯穴からブクブクと空気が沸いてきた。

まもなく収まるだろうと放っておくが、以後も勢いを増したようにブクブクと沸き続ける。流石に不安になり、目を開けると湯船の中の穴を見た。

「今までそんなことは一度もなかったから、故障でもしたんじゃないかと思って」

至福の休息はちょっとした焦りによってかき消された。

「こりゃ、明日はもしかしてボイラーの修理業者とか呼ばなけりゃならないんじゃないかと思ってね、折角の休みなのに……」

お盆だし業者も休みかも知れない、それはそれで困る。

湯船の中でしょんぼりしていると、ふと違和感。

「手がね、三つ。俺の手は二つしかないから一つ多いなって」

んー？　と思いつつ、自分の脛《すね》を見る。

「やっぱり一つ多いんだ。脛に俺以外の手がかかってる」

凝視していると見覚えのあるものが目に入った。

「妻に贈った指輪だったんだ」

橋本さんは数年前に奥さんを亡くしている。

「ああって納得したんだよね。さっきから考えていた事といえば明日をどうダラダラ過ごそうかって事だったから……ゴロゴロしてようとか外出しないとか」


——心配しなくても朝一番で会いに行くから。

心の中でそう告げると、妻の手は湯船に溶け出すように居なくなった。

次の日は早起きしてお墓に向かったという。

「多分心配もあったんじゃないかな、若い頃は湯船の中で寝てしまう事が多くって、何度も彼女に怒られてたから」

給湯器は壊れていなかった。

穴

小さな飲み屋のカウンター。皿に残った醬油《しょうゆ》を箸先に付けて舐めながら焼酎を飲んでいると、いつの間にか私の二つ隣に腰掛けた男が店の主人に何か話しかけている。

「膝《ひざ》がさぁ、カクッと落ちるのよ、歩いてると」

主人は煙草をふかしながら、無愛想に相槌を打ってはこちらをチラチラと見てくる。

一見の性質の悪そうな客が来ると、そうやってからかい半分に話を聞き、場に流れる妙な空気を楽しむという妙な趣向を好む人だった。

私はその店の常連であったので、また主人の悪い癖が始まったとニヤニヤしつつ、箸を舐っていた。

「今までこんなことなかったんだけどなぁ。この町に来てからだよ、突然カクンってなるの、力が抜けたように」

だからどうしたと言わんばかりの憮然《ぶぜん》とした表情を作り、相槌を打ちながら、こちらをチラチラと見てくる主人が顎をしゃくるような動作をした。

〝何か話しかけてみろ〟という合図である。

「病院には行ったんですか?」

突然話しかけた私に少々驚いたような顔を向けたその中年の男は、一気に席を詰め私の隣に来るとまくしたてた。

「行った、行ったのよ。そしたら働きすぎじゃないですかって、湿布渡されて帰されてよ」

いかにもの不満顔だ。

男は某県で農業をしており、農繁期が過ぎると出稼ぎの土木作業員として地方を転々としているのだと語った。

「力仕事なのに大変でしょう? そんなに膝が痛ければ」

「いや、痛くはないの。別に痛みはないんだけど、歩いていると時々カクッと膝から下の力が抜けちゃう。医者はあんまり症状が続くようなら腰の精密検査をしましょうって言うんだけどよ。何だっけMR? とかいうので、腰の。おかしいのは膝だっつのに」

話の途中で尿意を催し、席を立った瞬間、椅子の脚に躓いてたたらを踏んだ私を指差し、

「こんな若い者だってこの通りなんだがら、我々のような齢の者が体のガタ言ったって

しょうねえすぺ」と主人が笑った。

二人の笑い声を聞きつつ離れにある便所へ向かい、戻ってくると既に男の姿はなかった。

数日後、再びその店の暖簾をくぐると例の男がカウンターで刺身を食っている。お疲れ様ですと話しかけると「地物は美味いね」とカツオの刺身を指差す。

「港町ですからねえ」などと答えていると、主人がお通しをつき出して「頭の検査受けるつってんのよ」と半笑いで話しかけてきた。

「頭？　膝じゃなくて？」と言うと、男は妙な顔つきで「昨日の事なんだけどよ」と話し始めた。

「事務所で休憩中に足伸ばしたくなってな、事務用の足が付いてる椅子を何個か並べて、その上に長座になってたのよ。何の気なしにウトウトしてたら、他のヤツが来て『何やってんですか？』って言うの。ああこりゃナンボ土木の現場とはいえ無調法だったなと思って足を戻そうとしたら、そもそも足が乗ってなかったのよ、椅子に」

話の内容をつかめず、一瞬ポカーンとした私に主人が言う。

「椅子を並べて、その上に足乗せて休ませたりするべ？」

「ああ、ハイハイ」

「そうやって休んでたつもりが、実際は足を乗せてねがったんだど。他の人間から見たら、ただ椅子に座って寝でんのに、なんでその前にわざわざ椅子を並べでんだ？　ってなるべ」

「あー？　はい……」

そうそうという風に頷く男が、さらに言う。

「しかも膝が内股になるみたいに真ん中向いてよ、だれも好き好んでそんな体勢取らねえべっつう具合だったもんだから、若い者もびっくりしたみてえで」

男は自分でもその状況に驚いたという。膝が悪いためではなく、脳の機能がどこかおかしいためにそんな事になったのではないかと思い至り〝頭の検査〟を受けようか悩んでいる。

確かにそうであれば、膝の力が抜けるという例の話の辻褄も合うような気がする。

「まったく、とんだことになったなぁ」

そう言うとトボトボと帰り支度を始めた。

――その時。

「うわっ」

男が軽く悲鳴を上げ呆然と立ち尽くしている。

どうしたんだと我々が話しかけると、青い顔で「また膝がカクッとなったわ」と言い、無言で会計を済ませ、店を出て行った。

「――なあ?」

店の主人が何か言いたげにこちらを見ている。今の光景の違和感を私も思わず口に出す。

「今、カクッとなってました? あの人」

「だがらよ、ただ突っ立ってるだげだったべ? 膝落ちるつったらもっとこう……」我々には男がただ立ったままの姿勢で悲鳴を上げたようにしか見えなかった。かと言って狂言をしているような様子でもなく……。

「ホントにこれかもな」

と言って主人は自分の頭を人差し指でつついて見せた。

それからまた数日後。店のカウンターで「あいつどうなったべ」などと主人と話していると噂の男が来た。どことなく挙動不審な様子で、私も、そしておそらく主人も〝やっぱ頭だったのか?〟と顔を見合わせた。

「地元に帰りますわ」

という突然の言葉に、予感が当たった事を直感した我々は言葉もなく煙草をふかした。

「わかったのよ、俺、わかった……」

わかった？　何が？　病名？

逡巡《しゅんじゅん》する思考に言葉が追いつかず、ただ黙って煙を吐き出しながら男の様子を見る。やつれたというよりも酷く乾燥した枯れ木のような印象。

「大病だったのすか？」

主人が言葉少なに問いかける。

印象とは裏腹に男の口調が熱を帯び始める。

「膝が落ちるって言ってたでしょう？　カクンと落ちるって……あれ、実は違ってたんですわ。落ちるつっても膝が悪くて力が入らねぇんじゃなくて、本当に文字通り『落ちて』たんです。この前、腰まで落ちました。これまでは膝のところまでだったのが、腰まで落ちて気付いたのよ」

つまり、体がどうにかなっていたわけではなく、いわゆる〝幽体〟的なものが〝落ちて〟いたという事のようだ。

「穴だよ、穴。そこらじゅうに開いてるようです」

これもつまり〝霊的〟な穴なのだという。

「腹の辺りって敏感なのかね、膝下が軽く落ちてただけだと気付かなかった。あれ、頭まで落ちてたら俺死んでたなぁ……あんたがたに言うのは気が引けるけど、俺はもうこんな気持ちの悪い町にいられないので地元に帰りますわ」

これまでは〝幽体の膝下〟のみが落ちていたのが、今回は〝腹まで〟落ちた。それが非常に恐ろしい体験だったそうだ。

「もう、膝から下はもってかれたかも知んねえけんども……おかしいとは思ってたんだ、毎回毎回同じ場所で膝が落ちるんだもの。アパートの階段だの、あそこのスーパーの入り口だの……」

独り言のようになってきた男の喋りを聞きながら、主人は例の憮然とした表情でチラチラと私を見てくる。私はそんな主人を意識しつつも、降って湧いたような好みの話を前にメモを走らす。男が話の合間にビールを注いでくれた。あたかも「俺はマトモだよ」と言わんばかりに――。

「ああ、そういえばそこでも……」

帰り際、先日自分が悲鳴を上げた辺りを見やってから慎重に足でなぞるようにしたあとで「大人一人ぐらいの大きさだね……」と呟くと男は静かに店を出て行った。

「薄気味悪ぃこと言いやがって、何なんだ」

主人は店先に塩を撒くと、少し立ち止まってから例の〝穴〟があると言われた場所にも同じように塩を撒いた。

石油ストーブの上に置かれたヤカンから白い蒸気が上がり温かい店内。

主人が「サービス」と言って芋の煮たのを出してくれ「おめえ、あんなくだらねえ話メモってんじゃねえよ」と笑った。


平成二十三年二月の出来事である。

店はもうない。

この世には、嗤う鬼がいるのかもしれない。

黒木あるじ

私と小田イ輔との出会いは十年ほど前まで遡る。当時、母校で映像制作を教えていた私のもとへやってきた、おっとり顔の学生。それが小田だった。

思えば、当初から不思議な男だった。

そのころ私は、ドキュメンタリー映像を制作したいという学生らを率いて、古老から昔の話を聞くため、山間部の村を頻繁に訪れていた。そのメンバーの一人が小田だったのである。

情熱はあるものの皆まだ学生であるから、インタビュー取材もなかなか上手くはいかない。聞きたい答えが先行し、関係ない思い出話を喋る老人に苛立つ。それが常であった。

だが、小田だけは違った。他の学生では聞き出せないような変わった逸話をひょいひょい古老に語らせてしまうのである。周囲の学生がコツを訊ねても、本人は飄々として「いやあ、昔から変な話をされちゃうんですよね」などと、彼はへらへら嗤っている。

「天性の〝引き〟は取材者向きだね」と新聞社やマスコミへの就職を促したが、小田には彼なりの考えがあったようで、卒業後は異業種へと身を投じ、私たちはそれきりになった。

再会したのは、震災から間もなくの事である。

小田が東北の都市に勤めていると聞いていた私は、安否を確認するため彼に連絡をとった。幸い本人も家族も無事であったのだが、その電話中、小田は妙な事を言い出したのである。

「なんか、卒業してからますます変な話ばっかり集まってきちゃうんですよ」

ためしに耳を傾けてみれば、どうにも不可思議で奇妙で気味の悪い話ばかりである。無論彼は私が怪談書きになっているなどとは知らず、本人もまた怪談作家など志してはいない。

なのに、これほど妙な話ばかり寄せてしまうとは。興味がわいた私は現在の生業を明かし、彼にも蒐集（と言って良いのだろうか）した逸話を文章化してみるように薦めた。

それから、およそ二年。こちらも忘れかけていた頃、小田はひょっこりと連絡をよこして「揃いました」と、出会った時と同じ表情で笑った。

そうして集まったのが、本書におさめられている怪談実話の数々である。

正直、怪談にカテゴライズすべきなのかさえ明瞭《はっき》りしない話もある。錯覚や思い過ごし。そんな言葉で一蹴しても構わないような話すらある。そもそも昨今はスタンダードな幽霊譚よりも不条理な不思議話が主流になりつつあるのだから、読み手である我々もこの手の話は読みなれているはずだ。なのに、怖い。今まで感じた事のない不安に襲われてしまう。

それはいったいどうしてなのか。そして、そんな話を引き寄せてしまう小田は何者なのか。こんなに不気味な話を揃えておきながら、何故お前はへらりへらりと嗤っていられるのか。

そんな台詞で責め立てながら、笑みを浮かべた皮を剃刀で剝ぎ落として、鮮血でぬらぬら濡れた本当の顔が見たい。奇なるものばかり引き寄せる、嗤う鬼の顔を確かめたい。

そんな衝動に駆られるほど、小田は底知れない人物なのである。

ぜひ読者諸兄も、この例えようのない怖さをぞんぶんに堪能していただきたい。

そして、読み終えた暁には是非とも身のまわりを確認してほしい。窓の外へ広がる景色に見慣れぬ何かが増えていないか。隣人が昨日までと違う人物になっていないか。読む前には点いていた部屋の電気が暗くなっていないか。そもそもあなたは本当に独り暮らしだったたか。

もしも何処かに変化があったならば、小田の次なる取材先はあなたかもしれない。

FKB 怪幽録 奇の穴

2014年5月5日　初版第1刷発行

著者　小田イ輔
デザイン　橋元浩明(sowhat.Inc.)
企画・編集　中西如(Studio DARA)
表紙イラスト　里見ゆう
発行人　後藤明信
発行所　株式会社 竹書房
〒102-0072 東京都千代田区飯田橋2-7-3
電話03(3264)1576(代表)
電話03(3234)6208(編集)
http://www.takeshobo.co.jp
振替00170-2-179210
印刷所　図書印刷株式会社

定価はカバーに表示しています。
落丁・乱丁本は当社にてお取り替えいたします。

ISBN978-4-8124-9981-8 C0176